JN142941

時を継ぐ者伝

光秀 京へ

宇田川敬介

振学出版

目次

【主な登場人物】

明智光秀…織田信長の最も信頼する家臣。丹波の鬼退治で有名な源三位頼光の血を引く。

◆明智家臣団

明智左馬之助秀満…光秀の従兄弟、明智五家老の一人。
明智光忠…明智光久の子、明智五家老の一人。
明智光久…光秀の叔父。
溝尾庄兵衛茂朝…明智家の美濃・明智城時代からの譜代。明智五家老の一人。
斎藤内蔵助利三…稲葉家から光秀を頼ってきた武将。明智五家老の一人。
土田弥平次…叔母が織田信長の母・土田御前。
藤田伝五郎行政…明智家の美濃・明智城時代からの譜代。明智五家老の一人。
進士作左衛門貞連…光秀の元妻・千種の弟、進士家へ養子に入る。
雪…妻木家のくノ一。
鶴…妻木家のくノ一。
杏…明智家と妻木芳子の繋ぎをするくノ一。のちの養勝院。

◆光秀の家族

妻木熙子…光秀の妻。
妻木芳子…熙子の妹。
妻木範熙…熙子の父。
妻木広忠…範熙の弟、光秀の義叔父に当たる。
珠…熙子の子、のちの細川ガラシャ。
久子…熙子の子、津田信澄の妻。
光慶（幼名・十五郎）…光秀の嫡男。
光泰（幼名・十次郎）…光秀の次男、筒井家へ養子に入る。
乙寿丸…光秀の三男。
倫子…先妻・千草との子、明智左馬之助秀満の妻。
京子…先妻・千草との子、明智光忠の妻。

◆織田家臣団・その他

羽柴秀吉…農民出身の織田家武将。
細川藤孝…旧幕臣の織田家武将。
筒井順慶…大和国豪族、信長に仕える。
松永弾正久秀…大和国豪族、信長に仕える。
荒木村重…摂津国豪族、信長に仕える。

◆丹波国人衆

〈親・明智〉
川勝継氏…島城城主。
並河易家…並河城城主。
小畠永明…宍人城城主。
宇野豊後守秀清…山本城城主。
四王天政孝
波々伯部員次

〈反・明智〉
赤井直正…黒井城城主、丹波の赤鬼と呼ばれる。
波多野秀治…八上城城主。
籾井教業・綱利…籾井城城主、親子。
荒木氏綱…波多野家の重臣。
内藤有勝…八木城城主で伴天連。
宇津頼重…宇津城城主。

光秀 丹波攻略図

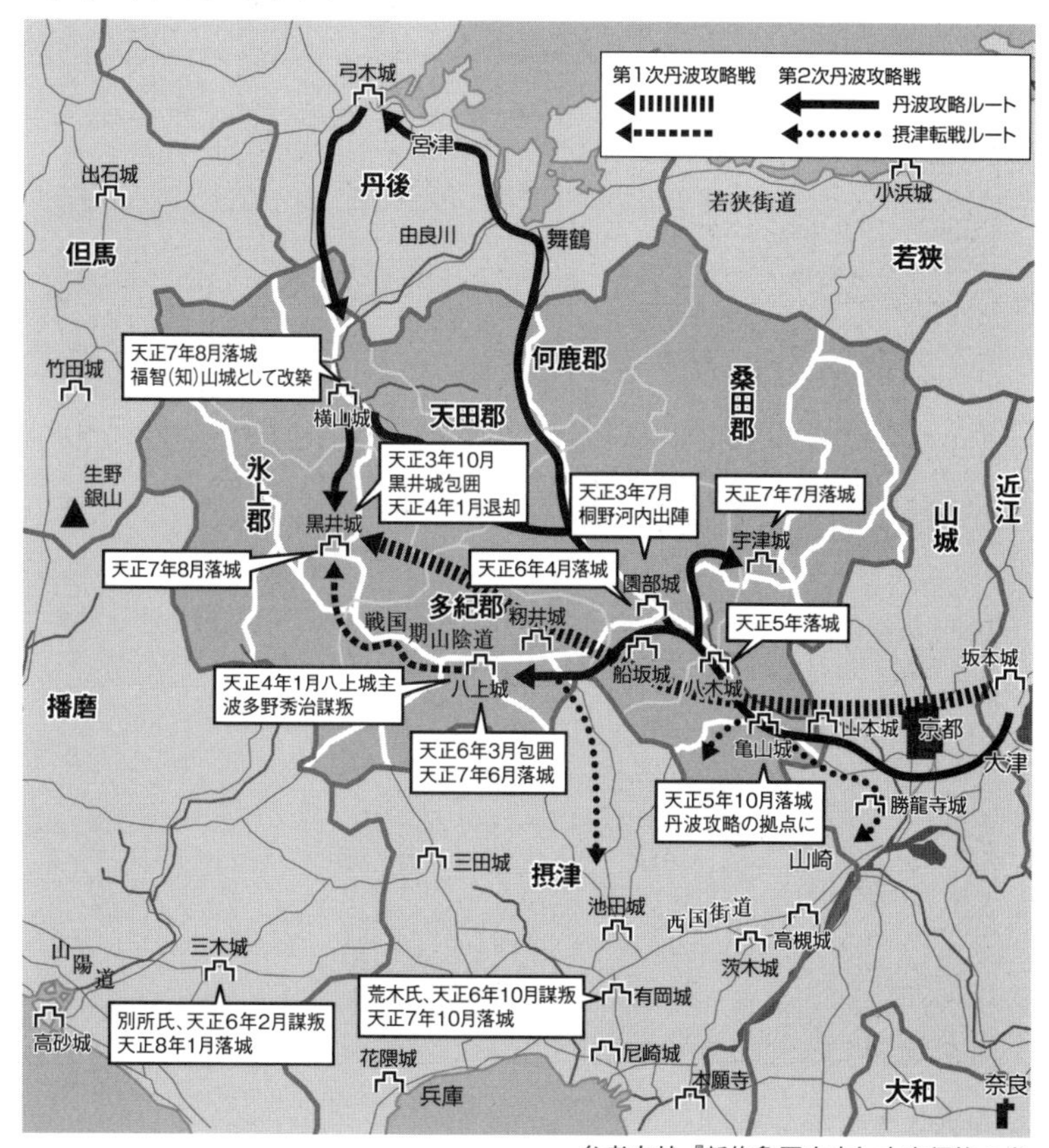

参考文献『新修亀岡市史』本文編第2巻

丹波の風景

写真　栗林幸生

亀山城址

光秀が丹波統一の拠点として築城。秋には紅葉を楽しむことができる。

亀岡光秀まつり

毎年5月3日に開催される。名将光秀の遺徳を偲び、光秀や光秀ゆかりの武将に扮した武者行列が城下町一帯をねり歩く。光秀が火縄銃の名手であったということに基づき、迫力の銃演武も催される。

谷性寺（こくしょうじ）

明智光秀の首が葬られたという谷性寺（左下写真）。明智光秀と関係が深いことから「光秀寺」と呼ばれ、夏には明智家の家紋である桔梗の花が咲くことから「桔梗寺」とも呼ばれている。

右上／明智山門
右下／山門に彫られた明智家の桔梗紋
左上／しだれ桜の咲く谷性寺入口
左下／光秀公首塚

明智越え

保津より嵯峨へ越える峰の道を明智越えという。現在はハイキングコースとなっている。光秀は天正 10 年 6 月 1 日、15000 騎の軍を三段に備えて、北から明知越、唐櫃越、老ノ坂越の三方面より本能寺に向かった。

装丁　（株）オセロ　吉成美佐
装丁写真提供　栗林幸生
時代考証　南丹市探勝会　小畠　寛

時を継ぐ者伝

光秀 京へ

宴の章

「おい、金柑頭、飲んでおるか」

信長は、その特徴でもある白い肌を赤くして、すこぶる機嫌良く「金柑頭」と渾名された光秀の前に腰を下ろした。

光秀は信長に初めて会った瞬間から「金柑頭」と呼ばれていた。光秀自身、自分のことを言われていながら、なぜ「金柑頭」なのかわからなかった。見た目が金柑に似ているということはある程度想像がつくのであるが、聞くところによると、それ以上の意味があるようでもある。例えば、外見はほかのミカンやスダチと変わらないが、皮をむくと中身がひと味違うということもあるという。あえて「きんかあたま」と発言しているのは、「金貨」の意味もあるともいうし、「金冠」と区別するということも想像された。いずれにせよ、信長は光秀のことを「金柑頭」と呼び、光秀自身、その呼称をあまり嫌がってはいなかった。

天正三年（一五七五年）、織田信長の居城岐阜城では、例年の通り諸将を集めての新年の宴が盛り上がっていた。例年の通りといえども、信長自身が合戦の場に居るときは行われないし、戦場を離れられない将は無理をしてまで来る必要はない。またこの場に来ないからといって、信長の不興を買うわけでもない。そのうえ新年の宴であるから、のちの世で言う無礼講である。

戦国の時代も現代も同じで、自由参加で無礼講の宴は、組織の中で生真面目な人間と不真面目なお調子者が宴の主役になるのが世の習いである。柴田勝家や佐久間信盛のような織田家の宿老や、前年に織田家に従った新参者が様子を見に来た場合を除き、あとは生真面目な者とお調子者しかいない。

織田家家中の場合、お調子者の代表格が羽柴秀吉（はしばひでよし）である。尾張中村の農民出身のこの男は、もし信長の不興を買っても農民に戻ればよいだけである。子がないので残さなければならないというような欲もなく、その場が楽しければよいという刹那的な生き方で、お役目でも無鉄砲なことをして出世してきた男だ。それだけに宿老などからの冷ややかな目もあまり気にせず、今日も裸踊りや酒合戦をして無礼講を最も謳歌しているお調子者の一人だ。信長も怒るに怒れず苦笑いをしてその場を去り、生真面目な者のいる方へ移ってきたのであろう。

「御館様、有難く頂戴しております」

生真面目の代表格は明智光秀である。無礼講の席というのに、深々と頭を下げた。

「いや、面白くないように見えるぞ」

光秀は元来酒に弱く、酔いが醒めるときの心まで冷える感覚が好きではなかった。それでも信長主催の新年の宴で主君の酒を断るほど無礼者ではなかった。信長本人に徳利を出されれば、無理と思っても胃の腑の中に酒を運んだ。もちろん無理に飲んでいるので、明るい表情などになれるはずがない。

「そう申されましても、これで結構楽しませていただいております」

光秀は、静かに微笑みを浮かべながら、盃を空けた。信長はそれを見て、足を崩して前に落ち着くと、空いた光秀の盃に酌をした。

「御館様に酌をさせてしまい恐縮です」

「何を言っているのですか、主人は一緒に飲んでいるだけですよ。私なんて女中に交じって酒を運んでいるのですよ。正月なのですから、そんなことは気にしないで」

そのように言って、嵐のように大広間のさまざまなところに酒を配っているのは、信長の正室帰蝶であった。

「横から口を出すな」

「あとで来ますからね」

帰蝶は、そのように言うと、多くの徳利をお調子者が集まっている方へ足早に運んでいった。あちらこちらで酒合戦が始まっているので、酒はいくらあっても足りない。女中も全く足りず、正室もほかの妾も、酒を飲まない女は総出で広間と台所の間を走り回っていた。

「半兵衛は楽しんでおるのか」

帰蝶に雰囲気を壊されたからか、信長は光秀の隣に座る竹中半兵衛の方に話を移した。

「はい、戦のことを気にせず、酒を酌み交わして世の中のことや学問を語れるのは、有難いことと思います」

「そうか、いろいろと楽しみがあるのだな」

「人それぞれにございます。御館様のおかげでこのような場を戴けて感謝しております」

半兵衛もやはり静かに微笑むと、光秀のように盃を空けた。信長も、やはり同じように半兵衛の盃を満たした。

竹中半兵衛は、お調子者の代表格である羽柴秀吉の与力として仕えていたが、秀吉と全く違い、生真面目な方に来て話していたのである。光秀と同じで、孔子や韓非子などの思想家や戦略を語るのが好きなのである。

「ところで金柑頭。その方はいかにしたら、そのように金柑のような頭になるのか」

信長は、いきなりそう言うと、腕を組んで光秀の頭を見た。正月の宴は昼から始まっている。酒を飲んでいるとはいえ、岐阜城の大広間はまだ陽の光が差し込んでいる。その陽の光が反射して光秀に後光が差しているように見える。信長のこの言い方は、光秀の頭の形から後光が差していることを言っているのか、あるいは、外野が言う噂話のように、少なくとも光秀の昨年の功績から、物事の考え方や礼儀など頭の中身のことを言っているのか全くわからなかった。それでも生真面目な光秀は、主君信長の問いかけに何か答えなければならないと、必死に言葉を探した。

「いえ、特に何もしておりません」

「いや、そのようなことを聞いているのではない。金柑頭が今までどのようにして生きてきたか、その生き様を聞いてみたい」

光秀にとっては意外な信長の問いであった。すでに光秀が織田家に来てから七年余り経つ。その間さまざまな話もしてきたし、信長の苦労も見てきたつもりだ。しかし、今になってこのような話が信長の口から出るとは思いもしなかった。光秀は戸惑いの表情を浮かべ、何も答えることができず黙っていた。

「正月の宴だ、許せ。しかし、このようなときでなければ、そのようなことなど聞けるはずもない。もともと足利義昭のところにいた光秀が、今やこの信長の最も信頼のおける武将だ。いや、この信長にはもったいない存在なのだ。いかにしたら、金柑頭のように学があり、戦略に優れ、武勇に秀でて、そのうえ将軍家や御所の作法を身に付けることができるのか。この田舎侍の集団に教えてもらいたいものだ」

信長はそのように言うと、向こうでバカ騒ぎをしている秀吉の方を一瞥した。そんな信長を見て光秀は、より一層困惑した。先ほどは何を話してよいかわからぬという感じであったが、しかし今は、主君と仰いでいる信長が自分の話を聞きたいと頭を下げている。

「光秀殿、土岐氏の由来から話されてはいかが」

半兵衛は横で楽しそうに言った。美濃で斎藤道三の配下にいたときから明智家を知っている竹中半兵衛は、光秀を促した。

「半兵衛殿、また光秀殿を困らせておられるの。そのうち温厚な光秀殿も怒りますよ」

やっと台所が落ち着いたのか、帰蝶が信長の横に座った。もちろんまだ、しらふである。

「帰蝶、その方も聞きたいであろう。この金柑頭の頭の中を」

「はいはい。でも明智十兵衛殿は、私の遠い親戚になりますし、芳子殿のお姉様の旦那様ですよ。そんなに深く聞かなくても人物は大丈夫です」

信長は、この宴の生真面目な者の席に帰蝶が入ってきたことで、自分の話のペースを乱されると思い、少し焦りを感じた。

帰蝶と光秀には浅からぬ縁がある。帰蝶が織田家に輿入れするとき、媒酌を行ったのは、光秀の血縁に当たる明智の家の者であった。信長自身、東美濃の豪族で土岐氏の流れをくむ土田の娘の腹である。そのように考えれば、信長と光秀が遠縁とまでは言えなくても一族衆であるとは言える関係だ。当然に明智の本家となる美濃の土岐氏に関して知らないはずがない。

また、このとき信長が最も寵愛していた妻妾（さいしょう）である「妻木殿（つまきどの）」は、その名を芳子といい、妻木範熙（のりひろ）の娘である。そしてその姉である妻木熙子（ひろこ）は、光秀の妻であった。その関係から光秀の妻の家柄に関しても信長は、妻妾の芳子から聞くことができた。

しかし、信長にとっては、自分も知っていることを光秀自身の口から聞き、その話の内容から光秀がどのような表現を使い、またどのようにまとめて話すかが大きな興味であったのだ。いや、そのようにして、これから光秀を使うに当たって光秀自身の価値観を知っておく必要があると判断したのであった。

「いや、ほかに考えがあるのだ」

生涯軍師を置かなかった信長であるが、唯一軍師のように信長にアドバイスをしていたのが、正妻の帰蝶であった。帰蝶は生涯子供を産まず、そのためにいつまでも若々しくて「お化け」と呼ばれていた。現在で言えば「美魔女」というようなことかもしれない。それでも信長が常に傍に置いていたのは、帰蝶の人を見る目の正確さと、その心の操縦術、そして心を前に出すことが苦手な信長に代わって相手をうまく説得するなど、さまざまなことで信長が頼り切っていたためである。

「それならば、その考えを先にお話しなさいまし。これだけやっていただいている光秀殿に疑心暗鬼を生じさせるようなことをしてはなりませぬ」

帰蝶は少し膨れた顔を見せた。いつもは部下の前でおどけた表情などは見せない信長も、正月の宴であることと、帰蝶が横にいることで、安心してやり込められてしまう。

「そうか、ならば話そう。実はうすら幽霊、いや、将軍家にいた細川藤孝に丹波の攻略を命じている。京の都を守る中で、保津、老ノ坂峠を越えてすぐ敵がいるというのも良くない」

光秀が「金柑頭」と呼ばれたのと同じ時に、足利義昭の正使であった細川藤孝のことを、信長は「うすら幽霊」と呼称していた。信長から見れば、藤孝は公家であるのか武士なのか、それも幕臣なのか、そうではない豪族なのか全くわからない。風流人と公家と武士の間を幽(さま)よう人と表現したいようであった。

「それは承知しております」

光秀は、横に半兵衛がいることを確認しながら、信長に向き直った。ほかからの視線があるので、わざと酒を大仰(おおぎょう)に飲み干す。今度は帰蝶がその盃を満たした。

「今までは守護代の内藤も波多野の赤井も、皆この信長に臣従していた。もちろん、あの義昭に従っていたのかもしれない。そこで、義昭を追放したのちに本来の守護である細川の血を引く者に丹波の統一を命じたのだ。しかし、うすら幽霊には無理であったようだ」

「細川殿では難しいでしょう」

半兵衛が横から口を挟んだ。本来は羽柴秀吉の家臣であり、信長との間に直接の主従関係はないから、半兵衛は直接信長にものを言える立場ではなかった。しかし、信長は、半兵衛の知略や戦略眼から、半兵衛だけは特別に許していた。特にこの日は無礼講である。

「半兵衛殿もそうお思いか。わらわもそう思う。細川殿は、武勇や知略に使う頭を風流に費やしておいでですから」

相変わらず帰蝶の人物評は厳しい。

「金柑頭、そういうことだ。丹波は単に武勇や知略があるだけではだめだ。京の都と出雲を結ぶ山陰道の起点。そのうえ京の都の裏門を守っているという気位が高いところがある。禿ネズミや、ほかの田舎侍では到底無理であろう。唯一できるとすれば金柑頭、その方しかいないのだ」

「禿ネズミ」というのは羽柴秀吉のことだ。信長から見れば、どこにでもちょろちょろと現れ、ほかの人が食べ残した餌（功績）を拾って太ってゆく。それでありながら、ほかのネズミとは違い、他よりも輝き、汚く目障りな存在でありながらも、いれば便利な存在というのが秀吉だ。「禿」とは、毛が少ないということと、他と違って輝いているという二つの意味を込めて呼んでいた。その最も身分の低い秀吉と最も生真面目で礼儀をわきまえている光秀を比較するというのも、極端な話だ。しかし、信長という男は、無礼講と言いながらこのようにして相手を見て、そのうえ、適材適所に部下を配置する。酒を飲ませ、個別に話し、そしてその相手を見極める。それも、帰蝶を横に置いて行うのだ。「何と恐気（おそれげ）の休まらぬことか」——光秀はそのように思った。

「それでは、お話し申し上げます」

光秀は飲めない酒を煽（あお）った。隠しても仕方がない。だいたい、信長の妻帰蝶は明智の遠縁に当たる。自分が隠していても、帰蝶や芳子が話してしまえば意味がないのだ。

「明智家は、美濃国守護土岐氏の末裔です。土岐氏は、丹波の国大江山の酒呑童子（しゅてんどうじ）の討伐や土蜘蛛退治をなされた、源三位頼光（げんさんみよりみつ）公の子、頼国の子孫と言われております」

「なるほど、では金柑頭も丹波と縁があるということだな」

信長は満足そうに頷（うなず）くと、徳利をじかに口に付けて酒を飲んだ。いつもの信長らしい行動だ。

「はい。御館様の御母堂様であらせられます土田（どた）氏も、我らの一族に当たりますし、ご家中の森殿、蜂屋殿、肥田殿、浅野殿なども土岐の流れと聞いております。それと、わが妻が出た妻木家ですが」

「ほう、この岐阜城にはその方の妻、熙子の妹芳子がいるが」

光秀の妻は、やはり東美濃の豪族で遠山氏の流れをくむ妻木氏である。妻木範熙の娘は美人が多く、光秀の妻熙子もその中の一人であり、また、信長のお気に入りの側室が芳子であった。のちに信長の四男で羽柴秀吉の養子になる秀勝、そして一度武田勝頼の養子になってしまった五男信房を産んでいる。

「はい、その妻木家ですが、元は加茂氏の血を継ぐ勘解由小路（かげゆこうじ）家の分家で、陰陽道を行い、帝にご進言申し上げていた家柄でございます。酒呑童子が現れたころは、妻木家の先祖が陰陽道でその行動を占い、土岐の先祖の源頼光公が退治されたとか」

「良い話ではないか。丹波から来た者を討つことのできる伝承の家柄が揃っているというのは頼もしい限りだ。しかも、それは今日の誰もが知っている話だ。岐阜の我らも聞いたことがある」

信長は、何か嬉しそうだ。彼の中では、光秀に丹波を任せても大丈夫という確信ができた話である。それどころか、酒呑童子と源三位頼光の話など、都の口さがない町人たちが受け入れやすい伝承まで付けてきている。妻木煕子の話まで出すところが少し光秀らしく、くどいところであるが京の人間にはそれくらいでよいのかもしれない。

「あなた、私の言った通り光秀殿で丹波攻略は申し分ないでしょう。それに、勘解由小路の家の話などを聞いたことがあるのは当然でしょ」

「何故だ」

「光秀殿の奥方、煕子殿の妹君はあなたが寵愛する芳子殿でしょ。褥の中でゆっくりお話を聞いたのではありませんか」

「痛い、おい」

帰蝶は信長の太腿を思いっきりつねったのである。この時代、妻妾との夜の関係があるからといって側室に嫉妬するようなことはないが、それでもあまり気分の良いものではない。また、その中の話を覚えていない、ととぼける信長に、帰蝶は何となく気分を害したのである。

「御館様、明智殿で問題はないと思います。美濃国においても、血筋の面では問題ありませんし、実力は御館様が見ている通り。そのうえ、丹波国がこだわっている前将軍義昭殿の臣下にもありましたから、心服する勢力も少なくないでしょう」

信長が頭を悩ませているのは、いま半兵衛が横から口を出した足利義昭の影である。丹波の守護代内藤家や波多野・赤井・宇津といった豪族は、信長に心服しているのか、あるいは将軍であった義昭に従っているのかよくわからない。そのうえ、その豪族が山城に籠って互いに連携している。信長単独ならばすべて敵側に回ってしまう。少しでも戦を少なくして丹波を靡かせるためには、血筋や将軍家の権威をうまく使わなければならない。

もちろん、義昭はさまざまな陰謀的書状を使って丹波の豪族を扇動するに違いない。その扇動を察知し、未然に防ぎ、そして丹波を統一するには血筋、軍略、義昭との関係、そして武将としての勘働き、その勘を確実なものにする情報を併せ持っていなければならない。細川藤孝には、軍略と勘働きが足りない。その分、光秀ならばうまくゆくのではないか。

「金柑頭、今日は正月だ。下知はせぬぞ。しかし、じきにその方に丹波へ行ってもらうから、準備をしておくがよい」

「はい」

光秀は生真面目に頭を下げると、そのまま盃を飲み干した。信長も目の前で飲んでいた徳利を上げて、光秀に合わせて酒を飲んだ。半兵衛も帰蝶も、その二人の姿を見て何か一つ良い天下になる予感がした。

いつもの正月の宴の喧噪の片隅で、新しいことが決まってゆく。これが信長の宴の例年のことなのであった。

苦悩の章

一　京の留守居

天正三年（一五七五年）、正月に信長から丹波のことを聞いた光秀は、居城坂本城へ戻ってすぐ一族郎党にそのことを告げた。

「丹波であるか。なかなか難しい国じゃの」

舅で東美濃の豪族、妻木陣屋の主である妻木範熙は、腕を組みながら呻くように言った。都に詳しいこの老人は、都と丹波の微妙な関係をよく知っていた。

「いや、難しい仕事が来るほど、明智家が名を世に響かせることができましょう」

明智左馬之助秀満（さまのすけひでみつ）である。明智光秀の父光綱は、早くに病死している。その後、明智城はその兄弟たちが守っていたのだが、左馬之助は斎藤義龍に攻められて城を枕に討ち死にした筆頭城代明智光安の息子で、光秀から見ると従兄弟に当たる人物だ。お互いにまだ十代の明智城落城のとき、光秀と左馬之助は筆頭城代光安に命じられ、明智の家の再興のため城から落ちのびた。その後は目立つので分かれて動くことになり、ともに全国を放浪し、苦節を重ねてきたのである。近年になり、光秀が信長に仕えて城を持つにあたり、方々手を尽くして呼び寄せたのが左馬之助である。最も光秀が信頼している親族と言ってよい。このほかに、叔父の光久、そして光久の子光忠がいた。

「まだ正式ではない。まずは忍びの者を差し向けたり、商人に身をやつして丹波の風土を見てこなければなるまい」

叔父に当たる光久が左馬之助を遮った。どうもこの評定では、光秀の親の兄弟世代が慎重派で、光秀の世代は丹波平定に希望を持っているということになる。

「叔父上の言う通りだ。まずは丹波国内の様子を見なければなるまい。さて誰に行かせるか」

光秀は周囲を見回した。

「拙者が参りましょう」

左馬之助である。

「左馬之助殿ならば、殿と一緒で明智城落城以降、諸国を放浪しておいでだから商人に身をやつすことも容易(たやす)い。我が妻木家からも数名、助力申し上げる者を付けましょう」

妻木範熙の弟、妻木広忠である。勘解由小路家の血を引く妻木氏は、陰陽道に通じた忍びの者を多く囲っていた。その中から何人か出してくれるという。

「では、評定の結果、左馬之助に数名付けて丹波の様子を探らせる。その間、光忠を中心に坂本を守り、他の下知をこなすこととする」

光秀はそのように決定し、評定をお開きとした。

その日の夜、坂本城の光秀の私室に左馬之助が訪ねてきた。

「それでは行って参ります」

「左馬之助様、道中お気を付けて」

光秀の妻熙子は、手作りのお守り袋を渡した。

「お方様、このような手作りの物まで。まことにありがとうございます」

「お方様、私も行って参ります」

奥から出てきたのは、普段身の回りの世話をしていたお雪、お鶴、そして土田弥平次である。

「私は、なぜ選ばれないのでしょうか」

雪の横で、杏が控えている。

「杏、あなたは岐阜城と坂本の繋ぎで、妹芳子のところに出入りしなければなりません。信長様も、あなたのことを気に入っているようですしね」

熙子が指図している姿を見て、光秀は腕を組んだまま頷いた。熙子の周りの奥女中たちは、すべて妻木家から来た女性たちだ。当然明智家に仕えているのだが、光秀は熙子に遠慮して直接の指示を出すことは少ない。

「お方様、かしこまりました。杏は、芳子様の下に参ります」

「お願いします。そちらも大事ですからね。信長様は癇の強いお方。できる人がほかにいないのです」

熙子はにっこり笑うと杏の手を握った。

「では、我らは夜のうちに」

「三人で、左馬之助殿をよく助けてあげてください」

「左馬之助、丹波には多くの国人がいる。その中でも特に赤井、波多野、宇野、内藤を調べてほしい」

「かしこまりました」

光秀は、特に絵図を広げるでもなく、左馬之助へ的確に指示を出す。しかし、それは左馬之助だけに指示を出しているように聞こえるが、雪や鶴、土田弥平次にも間接的に聞かせているのである。

「では」

左馬之助は頭を下げると、そのまま三人と連れ立って夜の闇に消えていった。

それからしばらく、信長から丹波のことは全く口に出なかった。細川藤孝は、かなり苦労しているらしく、めったに岐阜に姿を現すことをしない。それだけに様子を聞くこともできなかった。左馬之助からの繋ぎでは、織田軍はどこでも「余所者（よそもの）扱い」で、あまり歓迎されていないということである。そのような報せを受けて、光秀も丹波の平定に関しては、よほど慎重に軍略を考えて臨まなければならないと覚悟を決めるしかない。全国を放浪していたころからの親友でもある細川藤孝の実力はよくわかっている。公家風の上品さと風流はあっても、軍略に関してはあまり長じていない細川藤孝には無理であることは十分にわかっている。しかし、旧幕臣で足利義昭に近かった細川であるから今まで潰されないで済んでいるのかもしれない。その細川藤孝の代わりに丹波国へ光秀自身が入ったらどのようになるのか。放浪をしていたときの印象を思い出しながら、頭を巡らせる毎日が続いた。

そのような中、この年の四月、武田勝頼が大軍を率いて上洛するという報せが入った。光秀の坂本城にも、岐阜城からの早馬が入ってくるのを多くの武将が見ていた。

「殿、出陣でございますか」

家老の溝尾庄兵衛茂朝が足早に入ってきた。庄兵衛に続いて、藤田伝五郎行政や斎藤内蔵助利三、明智光忠といった宿老も入ってきた。いずれも明智家を代表する剛の者である。武田軍相手に腕がなると言わんばかりの形相である。

「いや、今回は、出陣はない」

「何故」

勇んできただけに、斎藤利三などはその場で膝から崩れ落ちた。

「鉄砲五百挺と丸太を、岐阜城まで持ってくるようにということだ」

「鉄砲はわかりますが、丸太というのはいったい何故でしょうか」

溝尾庄兵衛は首を傾げながら言った。

「長篠に新たな城でも造るのでしょうか」

藤田伝五郎である。

「なぜ、そう思う」

「父藤兵衛が生前言っておりました。明智城落城前は、城下町も方面ごとに普請奉行がいたほど陣造りが多かったと」

光秀はにっこり笑うと、深く頷いた。

「ということは、武田相手に城に籠るような戦法を取るのでしょうか」

斎藤利三は何となく不満そうだ。

「利三、馬は何もしないでも向かってくる。馬に蹴られないようにするためには、柵で防ぐしかないだろう」

「馬避けですか」

藤田伝五郎は感心したように言う。

「ここ坂本は、比叡山と一緒に焼けてしまった家や寺が多いから、いまだに普請場が多い。だから木材が多いと御館様はそう考えたのだろう」

光秀はそう言うと、近くに座っていた伝五郎に信長へ物資を渡すための書付を示した。

「輸送は兵五百を付けて溝尾庄兵衛にお願いするとしよう」

「かしこまりました」

「では、我らは何をするのですか」

明智光忠は不満そうな顔をしている。

「何を申す。我ら明智の軍は、その間、京の周辺から摂津までをすべてまとめなければなるまい。御館様が安心して勝頼を叩けるように。本願寺はおとなしくなっても、一向宗徒一人ひとりの心まで静まったわけではない。まだ毛利も残っているし、細川殿は丹波で手を焼いておられる。それらをすべて指揮しなければならない」

「なるほど。ずいぶん広い範囲の留守居役ですな」

斎藤利三は、打って変わって嬉しそうな顔をしている。

「利三は四国の長曾我部殿と誼(よし)みがあるから、摂津河内と大坂にかけて巡回を。光忠は東美濃へ。武田勝頼が顔を出すかもしれないからな。伝五郎は坂本を妻木殿と一緒に守ってほしい。庄兵衛は岐阜から戻りしだい、京の都から大和を頼む。そのほかは、ここに書いた通りだ」

光秀は、文箱から各方面と軍の統率に関してしたためた書面を取り出した。書面には武田の軍に信長が負けて逃げてくるときの援護や武田軍の迎撃戦の計画まで事細かに書かれていた。

「御意」

「ところで、殿はどうされるおつもりですか」

明智光忠は、光秀の書いた内容を見て、中に光秀自身の名前がないことに気付いた。もちろん指示書であるから、光秀自身のことが書いてなくとも不思議はない。光忠もそのことは承知しているのだが、坂本にいるのか、あるいは京の都で何かをするのか。軽い気持ちで光秀に尋ねたのである。

「丹波に行こうと思う」

「細川殿ですか」

「いや、左馬之助だ」

一同は、納得したように頷いた。

世に言う長篠の合戦は、織田軍の大勝利に終わった。光秀が拠出した木材により馬防柵を造り、その内側から鉄砲を間断なく撃ち、また長槍で突進してくる馬の腹を叩いて敵を動揺させ、落馬した武将を柵から出て討ち取る。馬場信春(ばばのぶはる)・山県昌景(やまがたまさかげ)・原昌胤(はらまさたね)といった名だたる武将をはじめ、武田軍の約一万人が討ち死にするほどの大勝であった。

「この度の戦勝、祝着至極(しゅうちゃくしごく)に存じます」

岐阜城御殿で、留守居を任された明智光秀をはじめ、細川藤孝や村井貞勝などが揃って戦勝の挨拶に来た。

「大儀である」

信長は、自分が勝ったことを当然のことであるように答えた。信長からすれば、武田軍の総帥といえども息子の勝頼でしかない。日本一の騎馬軍団の長であると恐れられた信玄とは全く異なる。勝頼に勝ったところで、別段誇れるようなものではないのだ。

「御館様がお留守の間、我ら力を合わせまして、何事もなく領内をお守り申し上げてございます」

信長は形式通りの挨拶に、退屈そうにしていた。元来、信長は儀式的なことが嫌いなのである。実質的に意味のない話で時間の無駄でしかない。何気なく、平伏している光秀の方に目を向けると、その横に細川藤孝がいる。

「おい、うすら幽霊、いや細川藤孝殿。幾久しゅうございますな。ところで丹波はいかがでございましょうか」

信長の目に怪しい光が宿る。戦勝の祝いの言葉にではなく、この儀礼的な挨拶に時間を割かれた不満を何となく、そこにいる誰かに吐き出したい気分になっていたのである。

「はい、順調に進めております」

「細川殿、それは平定が終わるということでございましょうか」

信長はわざと、細川に「殿」と付けて丁寧に話している。その信長の目は全く笑みを湛えず、冷ややかに見下ろしている感じだ。細川藤孝もそれがわかっているのか、背中に冷たい汗が流れるのを感じていた。実際に丹波平定に当たる主力は、面従腹背の国人と呼ばれる小豪族ばかりで遅々として進まないのである。

「な、なんとか」

「丹波の地は京の都を無事に治めるためには重要な土地でございましょう。細川殿は、丹波国の守護細川昭元様のご血縁ですから、まあ、平定できて当然でしょう。今度、細川殿の案内で丹波へ鷹狩りでも」

信長は、部下であるはずの細川に敬語を使った。

「それは……」

さすがに、信長が鷹狩りをできるような平定はできていない。いや、何となく表面で戦が起きていないだけである。現代で言えば、平和ではなく、休戦状態というようなものであろうか。そのようなときに、鷹狩りという大規模な軍事演習を行っては平定に当たっている細川藤孝にも、丹波国人衆との間に戦にならないという保証はないのである。それだけ丹波の豪族とは、今は戦をしていないだけで、一触即発の状況でしかない。細川藤孝には、手を付けられない状態であった。

「たわけ。我らが武田を完膚なきまで叩いているのに、丹波の小豪族も満足に治められぬのか」

信長は急に大声を出した。細川はその場で頭を下げて、ぶるぶると震えているしかない。以前は細川の上に足利義昭がいたが、義昭が追放され、信長の直臣になってしまっては、細川藤孝を守ってくれる人はいないのである。

「は、申し訳ございません」

「追って沙汰する。今後、丹波の軍の指揮権は明智光秀に移す。その方は、明智の与力としてその下に付け」

「は、はい」

細川の顔は真っ青になっていた。信長はその細川の顔を見るまでもなく、そのまま大広間から出て行ってしまったのである。

翌六月、信長は丹波船井の川勝継氏（かわかつつぐうじ）へ、光秀に協力するよう書状を送り、そして七月、明智光秀に対して九州の名族である惟任（これとう）の姓と日向守（ひゅうがのかみ）の官職を与えるよう朝廷に斡旋した。このとき、羽柴秀吉は筑前守を、丹羽長秀は九州の名族である惟住（これずみ）の姓を与えられている。朝廷から由緒ある姓を賜ったことにより、信長は光秀に前将軍義昭に劣らない権威を付けたのである。当然に、その権威をうまく使って丹波平定を成し遂げよというメッセージであることは光秀自身も十分に理解していた。信長は丹波の難しさをわかっている。光秀は、その信長の意思をよくわかっていた。

「信長様も殿にかなり期待しております。近々殿に丹波軍の指揮権を預けると、芳子様に仰せでした」

岐阜から急いで来た杏は、信長の愛妾である芳子の短い書状を持って坂本城に笑顔で入ってきた。熙子も杏の言葉を聞いて、主人である光秀の活躍を期待している。自然と兵の訓練にも熱が入っていった。ほどなく、新たに惟任日向守となって朝廷から官職をもらった光秀に対して、信長は正式に丹波平定を命じたのである。

二　撤退の功名

丹波攻略を命じられても、越前一向一揆の鎮圧を優先しなければならなかったために、光秀が丹波へ進発したのは九月も終わりごろになった。信長はこのように一つの命令を出しながらも、平気でほかのことを命じる。信長はそれだけ計画通りに行うのではなく、適材適所に思い付きで部下を使う癖があった。逆に言えば、織田家にはそれだけ人材が少なかった。いや、信長が使えると思うような人材が少なかったことになる。仕事が優秀な人に集中するのは、現代の企業などでも同じだ。

　数年前から但馬守護と丹波の国人の間では、小競り合いのような領地の奪い合いが頻発していた。特に活発に動いていたのは、黒井城城主赤井直正（あかいなおまさ）であった。赤井直正は赤井時家の次男であったために黒井城の荻野氏の養子となったが、直正自身が荻野氏の関係者を誅殺し、黒井城を乗っ取ってしまっていた。その勇猛凶悪さから「悪右衛門」「丹波の赤鬼」と渾名されていたほどである。

　その赤井直正が、信長の指揮に服さず但馬国へ勝手に攻め込み、但馬守護山名祐豊（やまなすけとよ）の竹田城を奪ったというのである。

　その山名氏からは救援要請とも、あるいは「細川氏には丹波攻略の軍の指揮権があるのに赤井直正を従わせることができない」というような嫌味ともつかぬ援軍の要請を受けた形で、代わりに丹波軍の指揮権を与えられた光秀が軍を率いた。

「ちょうど嵐山の紅葉が美しい時期になった。峠越えも楽しいであろうな」

一万の軍を率いて丹波に向かう途中、まだ始まりたての紅葉を眺め、老ノ坂峠を越えた。

「殿、丹波の国人たちは全く織田に心服していません。それどころか、いまだに前将軍義昭殿を慕っております」

左馬之助が近寄ってきて光秀に囁いた。

「今回も赤井直正が素直に従うか、他の豪族がどう動くか。いや他の豪族が赤井に呼応する可能性があるということだな」

信長から命じられたことは、足利義昭に味方した丹波守護代内藤氏と宇津氏の討伐であった。この二つの家は、足利義昭が元亀四年（一五七三年）信長に対抗して槇島城に籠ったときに兵を率いて義昭に従った家で、いまだに将軍家御供衆として信長に抵抗をしていた。赤井直正と義昭の関係は、あまり深くはなさそうであるが、織田家に服さないということでは共通する。内藤や宇津が赤井に付けば、他の豪族も雪崩を起こしたように丹波国中が反信長に靡く可能性がある。

「雪と鶴は」

「いまだに、内藤の八木城や波多野氏の八上城城下に。土田弥平次は、峠を降りたところで川勝継氏、並河易家(なみかわやすいえ)とともに殿のことをお待ちでございます」

「では、それまでは敵を狩るのではなく、紅葉狩りでよさそうだな。赤井だけに紅葉狩りを皆も楽しめよ」

光秀はうまいことを言ったと一人で笑いながら、周囲の燃えるような紅い山を楽しんだ。まだ単なる行軍で甲冑を付けているわけでもない。その姿は、本当に物見遊山で公家が紅葉を愛でているようにしか見えない。

「ようこそ、丹波にお越しになりました」

国境まで迎えに来ていた川勝継氏の案内で、その日のうちに船井郡の居城島城へ入った。万を超える明智の軍は、さすがに川勝氏の城に入り切らない。そこで、軍の主力は斎藤利三と明智光忠に分け、それぞれ並河氏と小畠(こばたけ)氏に従わせた。それでも島城城下には人が溢れ、寺などにも入ることができず野宿をする兵が少なくなかった。そのような中、島城本丸御殿の上座に光秀が座り、城主川勝継氏が下座に座る。信長の代理としての光秀の立場であれば当然のことだ。

「出迎え大儀」

「この度は、竹田城を奪った悪右衛門こと赤井直正を攻めると、信長様から伺っております」

川勝は信長の書状を示しながら、そのように確認した。

「丹波の国人衆の方々は、信長様の指揮下に入ったはずであるので、赤井殿がその信長様の下知を無視して、勝手に但馬国に攻め入ったのはよろしくないということです」

「もちろんそうですね。信長様に服している者同士が戦いはじめては良くありません」

川勝は周囲の自分の部下たちを見回しながら、そのように言った。家中が乱れてしまえば、当然に本家が滅びる。それは、規模の大きさに関係なく織田家でも川勝家でも同じである。

「ところで、川勝殿から見てほかの国人衆はいかがでしょうか」

光秀に寄り添うようにいる溝尾庄兵衛が、武骨な風体には似合わないことを聞いた。

「内藤殿や宇津殿は、織田家には叛旗を翻しております。ほかは日和見といったところでしょう」

川勝は少々の不安を示した。丹波の豪族が叛旗を翻すとは、彼らにとって昨日までの友が明日から敵に回って戦わなければならないということになる。丹波というところは、そのような微妙な豪族のバランス関係で安定している場所であるために、そのバランスが崩れれば豪族同士の潰し合いになる危険がある。

「正直なところをお伝えいただき、ありがたい。ご迷惑をお掛けしないようにしましょう」

光秀はそう言うと川勝の手を強く握った。

光秀の軍は、それからなるべくゆっくりと丹波国を練り歩いた。まっすぐに竹田城に向かうのではなく、なるべく多くの丹波の豪族に万の軍勢の威容を見せ付けているのである。それで対抗する気が無くなれば、戦をしないで済む。川勝継氏が教えてくれた丹波国人衆の「日和見」とは、強い方について家を残すことを考えるということである。

光秀は、国人衆たちの戦意を削ぐことによって、なるべく戦にならないようにしたのである。

「左馬之助」

馬を進めながら、光秀は左馬之助を呼んだ。

「村に男が少なすぎる。それに、田畑が整理され過ぎている。何かおかしい」

斎藤利三と明智光忠の軍に、園部城下で合流した際に呟(つぶや)いた。

「はい」

「十月神無月は、神とともに男がいなくなる習わしでもあるのか」

「丹波には、そのような風習はございません」

左馬之助の横にいるのは、並河（なびが）城主並河易家である。

「左馬之助、雪と鶴に繋ぎを。それと土田弥平次を坂本に行かせ、山城の国境、老ノ坂峠まで軍を案内するように」

「殿、このまま竹田城に向かいますか」

斎藤利三が光秀の見方に賛成した。誰も丹波の豪族が裏切るとは言わなかったが、軍の誰もがそのことをわかっていた。

「鶴、いかがか」

その日の夜、豪族の塩見氏の籠る横山城（のちの福知山城）の城下において、赤井直正の本城黒井城城下にいた鶴と、波多野秀治の籠る八上城の城下に潜伏している雪を、光秀の本陣丹波生野神社に呼んだのである。横山城下にも男がいないので、鶴も雪も女一人で歩くのにあまり怪しまれないですむ。この本陣に来る地元の者もほとんどが女性ばかりだ。

「土田様も左馬之助様も商人として出て行ってしまったきりですが、殿が丹波へ入られまして男がほとんど城に籠ってしまったので、特に怪しまれることもなくいることができました」

光秀は笑うしかなかった。周囲を騙すためには夫婦として乗り込んで、夫役が行商人として出て行くしかないのである。自分が丹波へ入ったことで、男が城に入ってしまった。そのことは鶴と雪にとっては良いが、明智軍としては危険が迫っていることになる。

「ところで殿、赤井直正は殿の動きを見て黒井城に戻ってございます」

鶴は、城下において兵が戻ってきたこと、そのまま軍備を解いていないことを光秀に報告した。

「なるほど、では竹田城を攻めれば、挟み撃ちということか」

「それだけではございません。八上城の波多野氏も兵を集め、荷駄を準備してございます」

雪もそのように報告をしている。雪も鶴も、黒井城や八上城だけではなく丹波国のさまざまな城や砦の位置、主だった城下町の見取り図を持ってきていた。米蔵や寺社仏閣も細かく書かれている。よく短い時間でこれだけ調べたものだ。

「左馬之助、どうする。これだけ絵図面があれば戦うことはできるが」

「騙された振りをして、一度坂本に戻られたらいかがか」

「ほう、一度負けよと」

光秀は首を傾げた。

「はい。その方が、丹波の中で真に味方する者と、日和見の者を分けることができます」

「私も左馬之助殿の意見の方が良いかと」

家老の溝尾庄兵衛が左馬之助の意見に賛成した。

「山城に籠られて、我らが平地で戦うのは、兵が多くても不利です。楠木正成が千早城で十万の軍を蹴散らした例もござれば、一度引いて立て直す方がよろしいかと」

斎藤利三も一度体勢を立て直す方を選んだ。光秀はほかを見渡すと、藤田伝五郎と光忠も同じ意見のようだ。

「そうと決まれば弥平次の軍を峠に留め置いて、そこに戻る方が良いな。伝五郎、妻木の叔父殿が深入りせぬように止めてくれるか」

わざと負ける。そして一度戻って真の味方を見極める。そのことを信長に報告しなければならない。

「鶴と雪は、これ以上は危ないので坂本城に戻られよ。わざと負けて一度戻ると、御館様へ伝えるよう煕子に言ってほしい。丹波を抜けるまでは伝五郎とともに行けばよい」

「かしこまりました」

藤田伝五郎に兵五百を付けて坂本城に向かわせた。鶴と雪も伝五郎に従って坂本城に向かった。

「左馬之助は、このまま横山城近く、そうだな、この先の姫髪山辺りに兵を伏せてほしい」

左馬之助と並河易家を横山城下、現在の福知山市に残した。

翌日、左馬之助と並河を残して今まで通り進軍した光秀は、竹田城に向かう振りをして、途中から大回りをする形で黒井城を取り囲んだのである。明智左馬之助の軍はそのまま現在の福知山市にある姫髪山の麓に陣を張った。

「明智の軍がこの黒井城に。ふん、八上城へ使いを出せ」

黒井城の中では、赤井直正が酒を飲みながら部下に命じた。刀傷が残る顔からは、自分の策略によって陥れられる光秀の狼狽ぶりが見えているかのようである。

　そのような中、光秀は十一月の半ばには黒井城を取り囲んだ。しかし、山深い黒井城に籠ったままの赤井直正は、城から出てくることもない。

「竹田城に兵糧などを持っていっているはずですから、年明けには城は落ちるのではないでしょうか」

　斎藤利三は、城を囲んでいる余裕からか、すぐに城が落ちるだろうと楽観的な観測を示した。

「いや、兵糧がないならば打って出てくるはずだ。これだけの山城、どこかに搦手（からめて）があり、そこから運び入れているかもしれぬ」

「ということは、ほかの豪族に援軍を求めるために城を出るのは、米を運び込むより簡単であるということでありましょう」

　溝尾庄兵衛は、そのように言って全く警戒を解くことに同意をしない。先に楽観的な見通しを示した斎藤利三も、庄兵衛の言葉に表情を引き締めた。

「これだけ打って出ないということは、何か考えがあるに違いない。ほかの豪族が黒井城に味方しないとも限らない。警戒を怠らないように」

　光秀はそう言うと評定を終わらせた。そして、丹波の川勝継氏、小畠永明などが丹波豪族同士の戦いに入るのは良くないと、光秀は先に彼らの軍を領内へ戻させていた。

「光秀が来て領民に対して何もしていないとあっては、丹波の人々に嫌われてしまうな。それでは御館様が悪く思われてしまう」

光秀は、川勝や小畠・並河らに言い「一年季売買の田畠・賭け事の銭・未納年貢を破棄する徳政令」を発布した。同時に永代売買地・質物を徳政から除き、年寄層を保護するようにしたのである。本来ならば戦の真っ最中で、長引けば臨時の徴税も有り得る状況だ。農民たちは自衛の策として種籾や最低限の食糧は武士に取られないように隠すのが常であった。そのような戦の前に、徴税をしないというのは、当時の農民にとってはあり得ない話だった。これには丹波の農民たちが非常に喜んだのである。光秀から見れば、このようにして農民が離れれば、丹波国人も兵糧を思うように入れることができず、また光秀の治める領地はより治めやすくなるし、またそのような農民を抱えた領主は光秀の方に靡く可能性が高くなるのである。内政を使って織田方への調略を行っているのと同じである。

丹波の豪族がそれぞれの領地へ戻ったので、黒井城を囲んでいるのは明智の軍しかいなかった。つまり、明智の旗印である桔梗の紋以外の、丹波の国人の旗印が上がれば、それはすべて敵であると言ってよかったのである。

黒井城を囲んだまま年が明け、天正四年（一五七六年）の正月を迎えた。小競り合いはあるものの、赤井直正の軍と本格的な戦いはなかったのである。

「怖気付いたのでしょうか」

あまりの長期間何事も起きないため、戦の経験の少ない明智光忠の軍では厭戦気分が広がり、光忠は気を抜いたように言った。すでに兜も脱いでしまっている。

「油断するでない。すでに城を囲んでから二か月。逆にこれだけの間、恐怖に駆られた配下の兵をまとめて全く動かさないのは、赤井直正という男は、よほど器が大きいと思った方がよい。当然、何か考えているであろうから、警戒を怠るではない」

通常は、恐怖に駆られて矢を射掛けたり、鉄砲を撃ったりと、何か行動を起こそうとするものだ。兵にそのような妄動をさせないだけの統率力と信頼関係があるから、何か月も静かにしていられる。赤井直正にはそれだけの力があるということだ。

「自分にはそんな統率力はない。いや、兵との信頼関係もないのかもしれない」

斎藤利三は腕を組んで言った。

「それだけの信頼関係があれば、他の豪族からも信頼されているでしょう」

溝尾庄兵衛は、そのように心配をした。他の豪族から信頼があるということは、明智軍が囲んでいる後ろから敵が攻めてくる可能性があるということになる。

「いつほかの敵が来てもよいように、物見の者を数多く出しておくように」

光秀は全軍に指示をした。軍も一部は、どこから来るかわからない援軍に備えさせた。

天正四年（一五七六年）一月十五日、自国領並河城に在るはずの並河易家が単身、光秀の本陣へ早馬を飛ばしてやって来た。

「明智殿、大変でございます。波多野秀治様謀叛。東、西、北から秀治様、秀尚殿、秀香殿が迫っております」

「来たか。全軍撤退」

明智軍の撤退を見て、黒井城からも鬨(とき)の声が上がり、坂を石が転がり落ちてくるように赤井直正の軍が迫ってきた。明智の軍は備えていたとはいえ、やはり腹背に敵を抱えるのでは恐慌状態になってしまう。

「さあ、こちらでございます」

並河易家は、進んで道案内を行った。光秀と溝尾庄兵衛の軍は、そのまま加古川方面に抜け、摂津へ落ちのびた。途中、柏原にて竹田城から出てきた赤井忠家と小競り合いになったが、光秀はうまく避けて羽柴秀吉の支配地域へ落ちのびた。一方、黒井城の反対側に陣取っていた明智光忠、斎藤利三は左馬之助の待つ横山城下から川勝の待つ船井郡を抜けて、老ノ坂峠から京都に抜けたのである。

光秀が先に予想していただけに、被害は少なかった。もう少し対処が遅ければ、すぐに戦に復帰できないほどの損害が出たに違いなかった。光秀や溝尾庄兵衛は、五年前の元亀元年（一五七〇年）、浅井長政の裏切りを受けて金ヶ崎城から撤退をしている。いわゆる「金ヶ崎の退き口」と言われる撤退戦を経験していた。光秀や古くから光秀に従っている者には、そのときの経験が役に立った。「撤退は敗退にあらず」――当時の信長はそのように言ってすぐに軍を戻し、一か月半後には姉川の合戦で浅井・朝倉の連合軍を破って、その言を実現した。真に強い者は撤退を惜しまないと光秀は考えていた。

「並河殿や川勝殿には、大きな借りができ申した」

光秀は今回味方した丹波の国人に感状を出し、予定通り豪族の動きを見ることにしたのである。

三　半兵衛の先見

光秀は、川勝継氏や並河易家、小畠永明といった自分を信じてくれた豪族の期待に応えることができなかった。現代であれば期待に応えることができなかったということで終わってしまうが、戦国の時代にはそうはいかない。丹波の豪族から村八分になるということは、そのまま赤井直正や波多野秀治らに彼らが攻め滅ぼされるということを意味しているのである。

「左馬之助、頼みがあるのだが」

「心得ております」

光秀は左馬之助を呼ぶと、兵を預け、丹波の並河城付近に天正四年（一五七六年）の三月まで、彼ら味方の丹波国人を守るための兵を置いた。光秀は、それ以外にも軍の立て直しをしなければならなかったために毎日城下へ出ていた。一敗地にまみれると兵は弱くなる。城下の民は負けたという言葉だけで、敵が攻めてくるとか自分の領主が弱くなったと思い、その心が荒れてしまうのである。光秀としては、戦略的に撤退しただけであるから、それを防がなければならない。

そのような中、御殿では熙子が鶴と雪を呼び出した。

「雪、鶴、弥平次も引き続きお願いします。今回は敵情を探るだけではなく、殿が次に丹波へ行かれるときに平定がやりやすいように、味方を増やし、敵を少なくしてくださ い」

熙子は、そのように言うと、三人に新たな手作りのお守り袋を渡した。

「前にも戴いておりますが」

「あれは昨年のお守り袋です。大変申し訳ないことに、前のお守り袋は私のお祈りが足りなかったから殿が負けてしまいました。今回は、しっかりと神仏にお願いしてあります」

熙子は笑顔で言うと、何とか光秀のために頑張ってほしいと三人の手を握った。その懸命な姿は、部下であるはずの三人の方が感動してしまうほどである。ふと、庭の方に目を向けると、珠と久子がやっと芽吹いた草木を見て笑い声を上げている。子供たちの無邪気な笑い声は、これから命のやり取りをしに行く三人にとって最もよく効く一服の清涼剤であった。

その日のうちに、三人はそのまま丹波の左馬之助の陣へ向かった。

一方、光秀にとっては久しぶりに平穏な日々を過ごしていた。戦国武将は戦うだけが仕事ではない。しっかりと領内を治めなければ、兵糧も兵も集まらない。城下だけではなく、領内の隅々、田畑や山までも見て回らなければならなかった。当時の常識では、田植えや稲刈りの時期には敵味方互いに話し合って戦を止めるというようなこともあったほどだ。

「殿、坂本城にお客人です」

藤田伝五郎が、坂本城下の再建を見回っている光秀のところに来ていた。光秀は片肌脱ぎになって、大工や人夫たちと一緒に材木を担いでいる最中である。この時期は農閑期なので、領内の農民が城下に出稼ぎに来ている。彼らと一緒に働いていれば農村のことも街のことも両方わかるのだ。

「作業が一段落ついたら戻る。それまで待たせておいてくれ」

伝五郎はにっこり笑うと、そのまま戻っていった。あまり急ぎの客ではないらしい。

小半時したところで光秀は城に戻ってきた。

「これは半兵衛殿、お待たせしました」

「いや、冬のこの時期に街に出るのは、重要なことです」

「事情を察していただいて、ありがとうございます」

「私は体が弱いので、光秀殿のようにできないのが残念です」

半兵衛はそのように言うと、静かに微笑んだ。二人の間に少し沈黙が流れる。作業をして戻って火鉢が点いているからか、あるいは、今の半兵衛の言葉に何か感じることがあったのか、光秀は急に汗が噴き出してきた。半兵衛の残念という言葉は、さまざまな意味が含まれていて重みが違う。

「光秀殿が城下に出ている間、熙子殿や岐阜に上がっている杏殿とお話ができました。なかなか貴重な機会です。それにしても珠殿も十五郎殿も聡明で驚きました。我が家の吉助（のちの竹中重門（たけなかしげかど））も十五郎殿のように育ってもらいたいものです」

半兵衛は、まるで独り言のように言った。そのあきらめたような瞳からして、まんざらお世辞だけではないようだ。

「吉助殿はまだ三歳ではありませんか」

「はい、それでも聡明かどうかはわかります」

光秀の背中に、また汗が流れた。三歳の子供を見て、聡明かどうか判断する目で自分が値踏みされているのである。その値踏みの結果が、子供を褒めるという言葉に繋っているのだ。あまり自分が子育てをしていない自覚がある光秀にとって、子供を褒められるのは、半兵衛のそのような例え話であるとわかっていても、何となく気恥ずかしい。

「ところで、この度の丹波攻めは大変であったとか」

「はい、八上城の波多野秀治に裏切られまして、黒井城の包囲を解いて撤退して参りました」

光秀は、「負けた」ということを言わなかった。「撤退は敗退にあらず」——そこまで言葉に出さなくても、竹中半兵衛は光秀のことがよくわかっていた。

「撤退することで、勝ち続けていては見えない人の心が見えるようになります」

「心が見えるのですか」

「丹波の国衆（くにしゅう）だけではありません。織田家家中の方々の光秀殿を見る目や、坂本の領民の心、撤退したことでこれらが変わるのか。そこを見ておかなければなりません」

竹中半兵衛は、常に冷静に物事を話すが、その中身はかなり厳しいことを言う。光秀にとっては、自分が気付かないところを指摘されている感じだ。そう言えば、撤退を決めたときに、丹波の国人に対することは考えたが、織田家中の目などは全く気にしなかった。そして、光秀は全くそのケアをしていないことに気付かされた。

乱世では、光秀にとって敵と戦うことは当然のことと思っていた。しかし、それ以上に苛烈を極めるのは、味方との出世争いや足の引っ張り合いである。今回の撤退戦では、信長だけではなく多くの武将が金ヶ崎の撤退を経験しているので、特に撤退戦に関して気にしていなかったが、しかし、彼らが皆「織田家中の敵」となって「口撃」をしていることは想像に難くなかった。

「杏殿、御館様のご様子を光秀殿にご報告しなければ」

光秀が何も言えないでいる間に、半兵衛が熙子に目配せをしながら、信長の愛妾「妻木殿」付きの女中をしている杏に、話をすることを促した。

「殿に申し上げます。芳子様が申されるには、御館様はこの度の丹波の撤退、見事であると仰せになられ、さすがは芳子様の姉の旦那であるとお褒めであったと。しかし……」

しかし、と言われて光秀は背筋を伸ばした。人間は、たいてい「しかし」「ただし」の後ろに本音が出る。

「しかし、なんと申された」

「その後の丹波に軍を残されたこともより高く評価しておられるようですが、ただし、羽柴殿や荒木殿、特に山名殿に事情の説明をなさっていないことを、まだまだであると仰せであったとのことでございます」

山名祐豊――光秀は本来、但馬国守護の山名氏の救援に駆け付けたはずだ。しかし、撤退後、その状況説明を全くしていない。山名氏にしてみれば、織田家に救援を頼んだはずなのに、いまだに何も解決しないばかりか、丹波国人の赤井直正に攻められ竹田城は失ったままになっている。これでは山名氏に織田家は頼るに足らずと思われてしまうばかりか、そのような評判が早く広まってしまう。悪い噂は、必ず尾ひれがついて全国を駆け巡るものだ。そうならないように、光秀は撤退戦を行うときに、山名氏にもしっかりと説明して安心させなければならなかったのだ。

「誰か、すぐに……」

「あなた、すでに斎藤利三殿から細川藤孝殿へ使いを出させていただきました。出過ぎた真似をして申し訳ありません」

熙子が少し前に出て頭を下げる。熙子が一人で行うはずもなく、半兵衛の配慮であることはすぐにわかった。

「熙子、ご苦労であった。やはり熙子がいないと……」

光秀は半兵衛の知恵であることをわかっていながら、あえて熙子を褒めた。熙子は心なしか頬を赤くしている。半兵衛は、光秀の頭が一杯になったときには、熙子やそのほかの家中の者が代わって行うことを教えてくれているのである。羽柴秀吉の場合は、半兵衛とその妻寧々がやっているのだ。明智家では、熙子はそのように気を配ることができるが、半兵衛の代わりになる者がいない。どちらかと言えば、光秀自身が軍師の体質なのかもしれない。

「光秀殿一人ではなく、明智家家中の者全体で取り組むことが重要です」

「そのように心得ます」

光秀は、自分よりはるかに年の若い半兵衛に何から何まで教えてもらっている。古典で読んだ劉備と諸葛孔明の間は、このようなものであったのだろうか。今さらながら、三顧の礼で半兵衛を迎えた羽柴秀吉の運の良さをうらやましく思った。それからしばらく学問や戦略の話になったが、熙子も杏もそのままそこに座っていた。

「ところで、御館様ですが、少々心配なことがあります」

半兵衛は、やっと今回坂本に来訪した目的を話しはじめた。冬の琵琶湖の風は、しっかりと襖を閉めておかないと冷たく、そして痛いと感じる時間に変わるころであった。

「なんでしょうか」

「いや、光秀殿に何かしてもらいたいというものではないのですが、どうも御館様の伴天連(ばてれん)好きが殊にひどいような気がしています」

伴天連とは、現在で言うキリスト教徒である。特に悪い意味ではなくポルトガル語で神父という意味の「パードレ」に由来して付けられた当て字であるという。この時代、日本の歴史の中で最もキリスト教徒の多かった時代と言われている。特に京都や岐阜などにキリスト教徒が多く、また九州の大友氏などキリシタン大名も少なくなかった。その意味で、織田家中にも伴天連は少なくなかったのである。しかし信長自身はキリスト教徒ではなかった。しかし光秀には思い当たるところがあった。鉄砲の知識などは伴天連からもらったものであるし、また、南蛮・伴天連との貿易でほかの大名に比べて富を得ている。その富と鉄砲を使った戦術が、長篠の合戦で武田勝頼を破った原動力になっているのは間違いがない。

「半兵衛殿は、どのようなところが気になられておられるのでしょうか」

光秀が口籠っている間に、熙子が先に口を開いた。信長に心配事があるというのは、熙子にとっても、信長のところに上がっている自分の妹芳子に影響があるということにほかならない。

「正月から安土で御館様の城を造っています。しかし、その城下の最も良いところが伴天連の建物になるそうです」

「伴天連の……」

熙子はやっとのことで声を出した。坂本からあまり出ない熙子にとっては、たまに城下を通る南蛮人を見るだけで、二人の心配事がそこまで大きなことととは全く思っていなかったのである。伴天連が来ることは、そんなに大きなことなのであろうか。

「そう言えば、坂本にも伴天連のセミナリヨとか言う建物を造れと、御館様から言われたことがあります」

「それで、どうされました」

「まだ、坂本城の城下町ができていないので難しいと、取りあえず思い留まっていただきました。何より、あまり伴天連は好きではないので」

半兵衛は少し肩をなでおろしたようだ。

「羽柴殿は長浜城下に造ると息巻いています。それで手始めに南蛮寺を造るということだそうです。美濃の私の所領では、さすがに造りませんが」

「それで」

「あ、いや、何かというものではありませんが、いつのまにか伴天連に支配されてしまうのではないかと」

半兵衛は何事もなかったかのように言った。もちろん、セミナリヨという施設を造らなかったからといって、信長から何か言われたわけではない。しかし、確かに信長の周辺が徐々に日本の国とは違う雰囲気になってきている。

「半兵衛殿、安土の新しい城はどのようになるのでしょうか」

「さあ……ただ、普請奉行をされている丹羽様に伺ったところ、天守閣ではなく天『主』閣ができるそうです」

「天主ですか」

光秀はため息交じりに言った。

「唐、いや明の国では、伴天連のことを天主教と呼ぶそうです」

病弱で肌が白い半兵衛が、憂いの表情を浮かべると、何かぞっとするような凄味が出てくる。

「そう言えば、信長様は天を支配する主になるとかいうことを、仰せになっておられました。なんでも帝は天子様であるから、天の子供で。天の主の方が……」

杏が呟くように言った。そのまま、そこにいる者は皆黙ってしまった。いや、杏の言葉が聞こえない振りをしていたのかもしれない。西側に比叡山がある坂本城は、陽が山の陰に隠れるとほかの土地よりも早く暗くなってしまう。

「まあ、伴天連と親しくしても、そのことが直ちに問題になるというものではありません。それよりも丹波攻略を急がなければなりません」

半兵衛はやっと明るい表情に戻った。女中のたきが蝋燭(ろうそく)を持ってこなければならぬほど、夜の帷(とばり)が下りてきていた。

「お方様、竹中様のお膳も準備できております」

「これは恐縮です。できれば十五郎殿や珠殿、久子殿とお食事をご一緒したいのですが」

「それは、子供たちも喜びます」

熙子はそれまでの雰囲気を、その日の終わりとともに閉じるかのように明るい声を出した。たきに命じて、子供たちを呼びに向かわせたのである。さすがに難しい表情をしていた光秀も、柔らかい表情に変わった。

「丹波の陣中でもこのように話ができるよう、丹波と播磨の道を繋ぎましょう」

「そうですね」

食器の音とともに、膳が運ばれてきた。

四　永遠の別離

信長は、光秀のような優秀な人材を休ませることはなかった。光秀の軍が丹波で敗走したことは、すぐに畿内で評判になった。本来は敗退ではなく撤退であった。しかし、半兵衛や光秀が心配した通り、今も昔も、世の中というのは、常に話を悪く解釈し、また、絶好調の人間の転落というのを好み、そしてその噂には尾ひれがついて広がってゆくのである。光秀の丹波黒井城からの撤退に関しても、毛利家の吉川元春と赤井直正や波多野秀治が事前に通じていたこと、追放した足利義昭が、丹波の内藤如安（ジョアン）とともに毛利の領国で匿われており、また以前には丹波の内藤家や宇津家に反織田の狼煙（のろし）を上げさせていたなど、毛利家や足利義昭の影がちらついた。そして、光秀はそれを読み切れず、丹波から逃げ帰ったのではないかと噂されたのである。

「毛利が味方してくれるなら、何も和睦を守る必要などはない」

本願寺顕如は、前年の天正三年（一五七五年）三月に一度織田家と結んだ和睦を破り、再度石山本願寺に立て籠ったのである。四月になって、岐阜に呼び出された光秀は、頭ごなしに信長に咎められた。

「金柑頭、お前が丹波で負けたから本願寺がまた反乱した」

「しかし、御館様。撤退するのは兵法であり、敗退ではないと御館様より……」

「うるさい、黙れ。兵法ならば、ほかに影響をしないように手を打つはずである。兵法ではないから本願寺や他に影響が出るのだ。違うなら自分の手で本願寺を抑えて参れ」

「はっ」

こうして光秀は、塙直政の下で天王寺砦で石山本願寺の包囲軍に入った。光秀は坂本城の留守居役として明智光忠を置き、自分の側近には進士作左衛門貞連を連れていった。

「貞連を呼べ」

光秀には、今の妻熙子の前に死別した妻がいた。山岸光信の娘千草である。その千草の弟が貞連であった。のちに進士家に養子に入っていたところを、光秀が呼び出したのだ。

千草との間には三人の子供がいた。荒木村重の息子村次に嫁いだ倫子、親戚である明智光忠に嫁いだ京子、そして山岸家に育てられている山岸光連であった。庶長子である光連は元服間もないので坂本城に在る。本来であれば初陣であるが、初陣で本願寺攻め、それも砦に籠って民衆を攻めるというのは、ふさわしくない。光秀はそのように考えて今回は坂本に残したのである。

「お呼びでありますか、義兄者」

「貞連、戦場で義兄者はやめよ。すぐに丹波の左馬之助のところに行ってもらいたい。丹波の調略を進めよと」

「わかり申した。しかし義兄者、いや殿、大事ありませぬか。顔色が良くないし、足元が少しふらふらしておられる」

天王寺砦は現在の大阪と違って、まだ湿地が広がるような場所であった。水と食べ物が悪いと疲労が溜まっている体に障るのである。

「ああ、少し疲れが溜まっているだけだ。本願寺攻めはすぐに終わりにさせて、丹波へ戻らねばならぬ。それまでに何とかするように、左馬之助に伝えてくれ」

貞連は深く頷くと、天王寺砦を心配そうに出ていった。貞連はその後、左馬之助にその通り伝えた。左馬之助は調査だけでなく、調略をするように指示をした。それも、次は光秀が正攻法で正面から来ることを想定し、丹波国篠村から順番に調略することを命じた。

「豊後守様、殿様は織田方に付かれるのでしょうか、それとも赤井様ですか」

丹波で最も京都に近い位置にある山本城（現在の京都府亀岡市）の城主宇野豊後守の館に鶴が女中として潜り込んでいた。鶴を気に入った宇野豊後守は、さっそくに閨(ねや)に鶴を呼んだのである。

「そのようなことは、よいではないか」

「よくはありません。織田家に攻められて殿が死ぬか、それとも織田の将として天下に名を轟かせるかでございましょう」

白い襦袢の端からは、鶴の白い肌が覗いている。普段は慣れていないのか、鶴はぎこちない仕草で精一杯に色気を振りまいていた。宇野豊後守は好色そうな目で鶴を見ていた。いや、鶴というよりは鶴の襦袢の内側の白い肌を覗くような感じであったのかもしれない。そして、宇野豊後守が待ちきれずに鶴をくみしだこうとしたとき、スッと身を翻した鶴は刀掛けの小刀を取って、豊後守の首筋に当てた。男が最も油断しているところであったから、簡単に背を取られてしまったのだ。

普通ならば大いに慌てるはずだ。しかし、艶に惚けた宇野豊後守は、首筋に刃を突き付けられていても、それが新しい夜伽の方法であるかのようにしか思わなかった。あまり危機感を抱いていないことを察した鶴は、宇野に危機感を与えるように右手にぐっと力を入れた。しかし、そのことによって宇野の背中に、鶴のまだ若い胸の膨らみが密着し、その柔らかさと人肌のぬくもりが、宇野を現実に戻すことをしなかったのである。このような危機の状態でも、宇野はいつの間にか鶴の滑るような脹脛に手を這わせていた。

「まだ、決まっていないうちに肌は許しませぬ」

「おいおい、大声を出せばその方が」

鶴は、首筋に当てた小刀に少し力を加えた。首筋からはうっすらと血が出ている。

「その方は……」

「明智光秀様の忍びにございます。大声を出してご覧なさい。甕の水に眠り薬を混ぜたので、今頃皆様ぐっすりでございます」

鶴はそう言うと、左手で近くにある呼び鈴を鳴らした。しかし、しばらくしても誰も来ない。静まり返った城内に、やっと現実に戻った宇野豊後守が徐々に焦り、驚く様が見て取れる。

「豊後守様、私と楽しまれますか。それとも、お命を落とされますか」

「わ、わかった。織田に味方しよう。そなたと楽しみたいしな」

「どうしたら信じられますでしょう」

鶴は小悪魔のように笑うと、また右手に力を込めた。豊後守の首にもう一筋、赤い線が入った。

「わ、わかった、人質を出そう」

「私にでございましょうか」

「いや、織田信長に」

「そう、ならば人質を届けたあとまで、お楽しみはお預けですね」

鶴はにっこり笑うと、みぞおちを小刀の柄で突いた。宇野豊後守はその場で気を失った。

翌日、宇野豊後守は、鶴との約束通りに京都の二条城に妻と子供を連れてきて織田家に忠誠を誓った。鶴が肌を許すことなく、人質だけ取られることに何となく不満を感じながらも、鶴の美貌と、今も思い出す背中に感じた柔らかさと山本城での手際の良さに、負けを悟ったのだ。また鶴の説いていた理も案外に納得いくと考えていた。何より、この城は織田の領地に最も近い。鶴の活躍がなくても、老ノ坂峠から最も近いという地理的な条件と、京の都での勢いなども考えれば、当然に織田方に付く選択をしていただろう。

このようにして丹波の調略をしている中、進士貞連が再び現れた。

「殿が、光秀様が倒れましてございます」

「な、何があったのだ」

左馬之助は、自身が本拠としている並河城でうろたえるしかなかった。総大将の光秀がいなくなれば、丹波の再度の混乱は間違いなく、潜入している自分たちの身が危ない。ここ並河城の易家は信頼できても、その家臣が裏切らないとも限らない。それほど丹波は荒れていたのである。

「本願寺を囲んでいる天王寺砦で病に倒れられ、信長様に救われて坂本城に戻った由にございます」

「戻るべきか」

「戻るべきではないでしょうな」

土田弥平次であった。

土田弥平次は、やはり東美濃の豪族の出である。叔母が織田信長の母土田御前であることを誰もが知っていながら、自らの血筋のことは全く出すことはなく、最下層の武士として汚れ仕事を楽しんでいた。土田家の家督は苗字を変えた生駒正親がほとんど持って行ってしまっており、土田家の残りの一族は、明智や妻木を頼っていたのである。土田弥平次自身、信長の躍進を見ても信長との血縁を大きく語ることはあまり好まなかったし、そのことを語られることも全く好かなかった。光秀の家臣に入り、美濃の人間と楽しくしている方がよいと考えていたのである。そのような事情で、ここには光秀の従兄弟である左馬之助、光秀の義理の弟である貞連、そして信長の親族に当たる土田弥平次がいるのだ。三人で、光秀の代わりにさまざまなことを決めることができる立場であった。

「左馬之助殿、光秀様が目を覚ましたとき、丹波の調略がある程度できていると報告できるようにしておきましょう。それが我らのお役目でございます。その役目が終わっていなければ、また信長様より殿が咎められ、再びご心労で倒れられてしまいます」

弥平次は、そう言うとまた黙ってしまった。土田弥平次はそのような男なのだ。何かあるときには重要なことを言うが、普段はほとんど何も語らない。左馬之助もそのことを知っているだけに、弥平次にそれ以上の言葉を期待しないことを心得ていた。結局、弥平次の言葉に従い、左馬之助などは丹波に残って調略を続けた。そうでなければ、せっかく調略した宇野豊後守や波々伯部員次などの豪族がまた元に戻ってしまう。鶴や雪の身体をかけた苦労が水の泡になってしまうのである。

天正四年（一五七六年）七月になると、生死の境をさまよった光秀も、煕子の懇ろな看病と神仏への必死の祈りによって目を覚ますことができた。まだ戦場に戻れるほどの力はなかったが、しかし生死の境をさまようようなことはなくなったのだ。

「あなた、信長様からお見舞いが」

少し疲労の色の見える煕子は、光秀に信長からの見舞状と、それに添えられた洋剣、そして脇差を差し出した。

「父上、ご帰還おめでとうございます」

息子の十五郎が頭を下げると、それに揃えて珠と久子が倣った。そして子供たちは、やっと甘えられるとばかりに、今まで我慢していた鬱憤を晴らすように光秀に抱き付いた。

「あなた、光連殿も坂本から参られております。ほかの重臣の方々は、殿の代わりに政や軍の鍛錬を行っております」

「煕子、心配かけたな」

「あなたのためでしたら、苦労ではございません」

煕子は、十三歳になった珠、十一歳になった久子、そしてまだ九歳の十五郎を近くに寄せながら、笑顔で光秀を見ていた。

「そう言えば、あなた。左馬之助殿や弥平次殿は、殿がお眠りになっている間も丹波で頑張っておられるそうです」

煕子は、弥平次からの書状を見せて言った。

「役目を重視するのは、非常に良いことではないか」

光秀は、そのように言うが、まだ身体が辛いのか、そのまま横になってしまった。

「それと、杏から繋ぎで、芳子の産んだ於次丸様が羽柴秀吉殿の養子になられたそうです」

「なに」

やっと横になった光秀は、また跳ねるように起き上がった。信長の息子を秀吉が養子に迎える。つまり今、秀吉が頑張って治めている播磨国や摂津国は、すべて信長の息子が跡を継ぐということになるのだ。もちろん、竹中半兵衛の知恵であろう。

今まであまり功績もない、そして、優秀でもない秀吉が信長の警戒心を解くためには、信長の息子を自分の跡継ぎにするしかない。それがよりによって煕子の妹、芳子の子供というのは、何という巡り合わせであろうか。芳子にとって初めての子である於継丸（のちの秀勝）は秀吉に、そしてその次の子、御坊丸（のちの信房）は、美濃国岩村城の遠山の家へ養子に行き、そのまま武田勝頼の養子にされてしまった。芳子にしてみれば自分の息子が二人も、自分の手の届かないところに行ってしまったのだ。

「あなた、芳子が悲しんでいます。杏は、羽柴の家にも出入りするようになるのです。主に半兵衛殿のところに行くようですが」

「うむ。土田弥平次にも杏の手伝いをしてもらわねばなるまい」

光秀は、煕子と芳子の姉妹の哀しみよりも、自分の繋ぎの話ばかりに気が行ってしまい、信長と血族にある土田弥平次をうまく使わなければならないと考えていた。

煕子は少し心配そうな顔をしていた。今まで信長とうまく繋り、その愛妾とやり取りして、信長をある意味でコントロールしていたのは明智光秀だけであった。いや、妻木一族と土田一族と言うべきであろうか。それを羽柴秀吉に横取りされたような気分になってしまったのだ。土田弥平次を入れるだけで大丈夫だろうか。煕子は、芳子のことも心配だが、明智家の将来のことにも心を病むようになってしまった。

「煕子、早めに戦へ復帰しなければならないかもしれないな。早く丹波国を平定しなければ、秀吉に取られてしまう」

「半兵衛殿がそのようなことをするでしょうか」

「半兵衛殿ならば、そのようなことはしない。しかし、新たに秀吉のところに来た小寺官兵衛はわからない」

光秀は、ゆっくりと布団の上に横になってから言った。

「父上、そんなに無理をなされないで」

珠が心配そうに言った。そのような姿を見せたくないのか、煕子は、奥女中のたきに言って子供たちを下げさせた。

「ああ……」

光秀は、体力が無くなったのか、そのまま寝入ってしまった。煕子は思い悩んだまま光秀の寝顔を見ていた。

　その後、ただでさえ看病で疲れている熙子は、思い悩んだ心労で寝込んでしまった。徐々に光秀が元気を取り戻すのと逆行して、熙子が日に日に弱っていった。人間に寿命の蝋燭があるとすれば、まるで熙子が自分の命の蝋燭を光秀に譲り渡しているようだった。

「熙子、なんとか元気になってくれ」

「あなた、ごめんなさい」

熙子は、結婚前に疱瘡を患っている。光秀が覗く熙子の寝顔には、その疱瘡の跡が今でも残っていた。体は竹中半兵衛と同じように病弱であり、疱瘡を患ったときからあまり長生きはしないと言われていたほどだ。

「あなたと一緒に、この年まで生きられて嬉しかった」

「熙子、弱気にならないでくれ、何も心配しないでよい。まずは元気になれ」

「いいの、あなた。あなたの妻になれて、子供も産めてよかった」

弱々しい声で熙子は言った。

「熙子」

その日の夜、熙子は、家族に看取られながら静かに息を引き取った。光秀の看病疲れで無理をしたためと言われている。しかし、妹の芳子の子、於継丸を羽柴秀吉の養子に取られてしまうことを事前に知ることができず、その哀しみに気付いてあげられなかったことで、自分を責めての心労でもあったようだ。

「熙子、許せ」

光秀は、数日間涙を流した。光秀にとって、体の一部が無くなって永久に消えない痛みが残ったかのようであった。そして、光秀はいつしか死ぬことが怖くなってしまった。いや、言い換えれば、早く死んで熙子のところに行くのも悪くないと思うようになったのである。

そのような光秀の心を見透かしたように、珠が不満に満ちた目で見ていた。十五郎や久子とは全く違う感受性を持った子供に育ったようである。

別離の章

一　梟雄(きょうゆう)の最期

「しばらくは出仕するに及ばぬ。まずは家、熙子のいない城の中をしっかりとせよ」

信長が、岐阜から京へ上る道すがら、光秀を心配してわざわざ坂本城を訪れた。

「は、はい。いや、お恥ずかしい限り」

「男などとは、そのようなものだ。最愛の妻がいなくなれば、しばらくは何もできないであろう。何より、岐阜の芳子も気落ちしてしまって、金柑頭を心配しておったわ」

信長はそのように言うと、近くに座っていた珠に目を向けた。

「御母上がいなくても、父上を困らせるではないぞ」

信長は、珠の頭を撫ぜると自分の小柄(こづか)を懐紙に包んで手渡した。

「何か悪い魔物が来たら、これで退治せよ。この坂本城を守り、父を助けよ。よいな」

長男光慶(みつよし)には馬を、そしてなんと四女の久子には、信長の一族津田信澄との縁談を持ってきたのである。信長がいかに光秀の子供たち、いや愛妾芳子の甥や姪に目をかけていたかがわかる。光秀はただただ頭を下げるしかなかった。

天正五年（一五七七年）二月に熙子の葬儀が盛大に行われた。当時は女性の葬儀に殿方が出る習わしはなかったが、熙子の葬儀を行った坂本の西教寺には、光秀だけでなく坂本城の武将たちが出席していたということが、坂本の城下では話題になるほどであった。

なお余談ではあるが、現在も滋賀県大津市の西教寺には光秀が建立した妻熙子の墓とともに、光秀が熙子の葬儀に参列したときの話が伝わっている。また本堂の中には、光秀と熙子の仲睦まじい木造が安置されている。

「御母上を殺したのは、御父上でしょ」

その葬儀の最中、珠はそのようなことを言い、泣き出した。

「何を言うのです」

女中のたきが、手を引きながら叱ると、珠は信長から授かった小柄を握りしめて光秀の方を見た。現代で言う思春期の珠にとって、母の死は全く受け入れることができない事象であった。

「信長様から、殿を困らせないように言われておりますでしょ」

信長の代理として葬儀に出席した杏も、そのように言ったが珠は全く聞き入れない。そのうち小柄を持って光秀の方へ走り出す珠――その前に立ちはだかったのが珠から見て祖父に当たる妻木範熙であった。範熙の太腿には珠の持つ小柄が刺さり、赤い血が寺を汚した。

「珠、この爺様を刺して、母上は喜ぶかな」

範熙は、刺されながらも仁王立ちになり、慈愛の籠った声で珠を諭した。子供の力で刺したので、さすがに傷は浅かった。しかし、吹き出す血を見て珠は、涙を流すのも忘れて呆然と立ち尽くした。大叔父の妻木広忠は珠を抱きしめて、小柄をもぎ取った。女中のたきが広忠から珠を受け取って、人目を憚るように城に連れて帰った。

「神も仏もいない。御仏がいれば、珠を置いて御母上を連れて行ってしまうはずがないもの」

珠はうわ言のように、そのような罰当たりなことを繰り返すようになってしまった。光秀は深く落ち込み苦しんだ。葬儀の様子を聞いた信長も、そのような光秀に熙子の新盆までは何もしないように命じたのであった。

普段は冷酷と言われるようなことを平気で行う信長であったが、幼い頃に母土田御前を喪い、また最も好きであった側室吉乃も早くに亡くした。信長は自分を無条件に愛してくれる存在を喪い、その心を押し殺して天下統一に向けて邁進しているだけに、最愛の妻を亡くし、その忘れ形見の珠が茫然自失の状態から抜け出せない光秀の、残された者の悲しみや苦しみを、誰よりもよく理解してくれていたのかもしれない。

天正五年（一五七七年）八月葉月。お盆が終わった光秀のところに信長から早馬がやって来た。

「明智殿、御館様より火急の陣触れにございます」

新盆の送り火を終えたばかりである。相変わらず人使いの荒い信長様らしいと、命（めい）を伝え聞く前に思った光秀は、その内容を聞いて愕然とした。

「本願寺包囲の天王寺砦の松永久秀様、久通様謀叛。信貴山城に戻り籠城しております。軍を率い信貴山に向かうように」

新盆を迎え少し落ち着きを取り戻したとはいえ、珠のことは心配であった。しかし、いつまでも休んでいるわけにはいかない。

「かしこまりました。至急、信貴山へ向かいます」

まだ刺し傷の癒えない妻木範熙に珠のことをくれぐれも頼むと言い残し、後ろ髪を引かれる思いで坂本から出陣していった。側室を置いている家ならば、このように正妻を喪ったときも少しは安心ができたに違いない。しかし光秀は、熙子の実家の妻木家が婚約時に疱瘡にかかった熙子の替え玉を画策した事件などもあり、熙子以外の妻を持たなかった。一緒に暮らしている女性がいないということは、妻熙子が死んだあとに、珠や久子に母親の代わりをしてくれる人がいないということになる。当然にほかの女性や家中の者に任せられることでもない。ましてや今の珠の状態では、心配で坂本城を離れられるものではなかった。しかし、それでも行かなければならないのが、戦国時代に生まれた者の宿命なのである。

九月になって、光秀は筒井順慶・細川藤孝とともに先陣として信貴山の麓まで陣を進めた。後ろには織田信忠、そして信長自身が法隆寺を本陣に四万の軍を率いて布陣していた。

「申し上げます。昨日、加賀国松任城近くの手取川河畔において上杉景虎殿と柴田勝家殿、羽柴秀吉殿が合戦、柴田殿敗走してございます」

坂本から、進士貞連が信貴山の陣に現れたのは、ちょうど法隆寺の紅葉がまだ少し緑を残しながら色付きはじめたころであった。法隆寺の中で光秀とともに信長の元に現れた貞連は、光秀に伝えているかのように信長にありのままを告げた。信長は貞連の注進を聞きつつ、法隆寺のまだ緑の残る紅葉を見ながら柿を齧っていた。三人の間を赤蜻蛉が秋の幻を連れてきたように、ゆっくりと浮かんでいった。

「なに、して上杉景虎殿はどうした」

「はい、それが上杉殿は、そのまま軍を引き揚げて能登の方へ攻略に向かった模様でございます」

「勝った」

信長は、それまで戦の成り行きは全く聞いていないような感じであったが、上杉軍のその後の動向を聞いてやっと声を上げた。柴田勝家の軍が敗走したというのに晴れやかな表情をしている信長を見て、丹波から撤退のときもこうであったのかと光秀は悟った。信長は全く見ていないようで、すべて見ているのである。

「柴田権六の周辺はあまり気働きのできる者がいないので、こまごまと知らせが来ない。景虎殿が能登に引き揚げたということは、柴田の主力は残っているということである。概ね松永弾正めは、上杉が上京すると読んで謀叛をしたに違いない。しかし、上杉が引き揚げたということは、三方ヶ原のあとの武田と同じだ」

「はい」

「金柑頭、使者となって信貴山へ行け。松永弾正は、まだ殺すには惜しい男だ。上杉が来ないと思えば、心変わりするかもしれぬ」

再度の謀叛であるにかかわらず、信長はそのように命じた。光秀にも、もしかすると上杉が引いたことを知れば説得に応じるのではないかという淡い期待があった。陣中で甲冑を脱いで装束に着替えると、光秀は筒井順慶と細川藤孝に命じて陣を維持させながら、自分が使者に立つことを告げた。筒井順慶は松永久秀との間に大和国での今までの確執があるので反対をしたが、光秀は信長の命令であることを告げて信貴山城へ向かった。大手門はあっさりと開き、光秀は誰に咎められることなく、本丸天守閣に到達した。

「明智十兵衛、いや今は惟任日向守であったな。横にいるのは美濃の稲葉一鉄のところにおった斎藤利三と、進士貞連とお見受けする」

信貴山城天守閣の最上階ですべての戸板を開け放ち、その真ん中で松永弾正久秀は床に尻をついて座っていた。昨年、本願寺の天王寺砦で会った時に比べて髪にも白いものが増え、急に齢を取ったように見える。片膝をつき、脇息に寄りかかって酒を飲む姿は、疲れ切った老人を思わせる出で立ちである。謀叛を起こすということは、こんなにも人を変えてしまうのか。光秀は、そのように思わないわけにはいかなかった。

「急に、お齢を召されましたな」

「数名の供しか連れず、謀叛者の本城に登ってくるほど呆けてはおらん」

確かに、普通ならばどこか外で会うなど、自分の安全を第一に考えて和睦の使者に来るはずである。しかし、光秀はなぜか松永久秀は自分に危害を加えないということも確信していた。ただ、なぜかと問われれば根拠のない自信としか言いようがなかった。

「松永弾正殿は私を殺したりはしますまい」

「なぜ、そのように言い切れる」

「弾正殿の、その物言いは私を害する意思がないということでございましょう」

「ならば、すでに死を覚悟していることもわかろう。三途の川を渡るのは多い方がよいものだ。尾張のうつけに金柑頭と言われるお主の知恵は、その程度か」

松永久秀はそう言うと、何かから解き放たれたようにカラカラと笑った。光秀を脅すことはしても、自分の意思を正確に伝えてくれるであろう光秀を殺すことはしない。松永久秀とは梟雄と言われながらも、そのような潔いところがある男なのだ。

そう言えば、光秀の前にいるこの老人とは複雑な縁である。光秀が放浪しているときに一時身を寄せていた十三代将軍足利義輝を、三好長慶とこの松永久秀が弑逆した。細川藤孝やそのほかの幕臣は、その後義昭を奉じ、三好と松永を討つべしと息巻いていたのだ。しかし、いつのまにか松永久秀は信長に臣従し、馬を並べる間柄になっていた。その経験や学問により、竹中半兵衛と並ぶかそれ以上の知見があり、光秀は何度もこの老人の憎まれ口を聞きながら習ったものである。そして今、このようにして敵味方に分かれているのだ。それも裏切りは二回目だ。一回目は武田晴信（信玄）が上洛を目指したとき、そして二回目が上杉景虎（謙信）の上洛である。このように考えれば、信長が光秀に松永久秀の説得を命じたのもなぜか頷ける。

松永久秀は、自慢の茶器、九十九髪茄子から茶を淹れ、平蜘蛛の釜で湯を沸かした。

「それは、あの名器の平蜘蛛でございますか」

茶の湯の心得のある斎藤利三が聞いた。

「これで茶を飲ませるのも光秀、お主が最後であろう。そなたらも飲むがよい。毒などは入れておらぬ」

光秀は、ゆっくりと茶を喫すると、斎藤と進士に碗を差し出した。二人も刀を置き、少々戸惑いながらもお茶を飲んだ。

「なかなか良い感じだ。平蜘蛛も喜んでおろう。さあ、一応光秀が降伏を勧め、この久秀が断った。儀式は終わった。他の兵が騒がぬうちに帰られよ」

「いえ、これが最後であれば、久秀殿にお伺いしたき儀が。以前のように教えていただけませんでしょうか」

光秀は、改めて居住まいを正して久秀に向き直った。久秀も一瞬、その雰囲気に気圧(けお)されたように甲冑のまま居住まいを正したが、すぐに、脇息に身をゆだねる元の姿に戻った。

「なんだ」

「何故(なにゆえ)に謀叛なされた」

「信長が嫌いであるからだ」

「なぜ、お嫌いか」

「性に合わぬ」

久秀は、何かが面白かったのか、急に笑い出した。

「光秀、次は信長が嫌いな理由を聞くか」

「はい、これからも信長様に仕えなければならぬこの身の上であれば、是非お教えくだされ」

久秀は、矢で射貫くような眼差しで聞く光秀を静かに見詰め返した。しばらく沈黙のあと、その眼差しで久秀の方が負けたとばかりに視線を外した。

「初めは、光秀、お主のように信長に将来を感じた。寡兵（かへい）を指揮し、今川義元を討った。その後、難攻不落と言われた稲葉山城を獲った。次に何をやるかと思えば、信長は幕府を復興し、二条御所の跡に城を建てた。いずれも並の人間ではできないものであろう」

久秀は、まるで自分で見てきたかのようなことを言った。しかし、これらはすべて久秀が信長に敵対していたときの話である。

「そう思って見ていたら、次に行ったのが比叡山の焼き討ちではないか。拙者も確かに戦の中で東大寺の大仏殿を焼いたが、あれは戦の中でのこと、東大寺を焼きたかったわけではない。古来、神社仏閣を敵に回したのは平清盛だけであろう。平家は東大寺を敵に回したことにより、命運尽きて源頼朝公に滅ぼされてしまっている。桓武平氏の血を引く信長は、同じ過ちをするのか。そう思って、一回目は源氏の血を引く武田に思いを寄せた。しかし、そうはならず信長にまだ運があると感じた」

やはり比叡山のことが出てきた。比叡山の焼き討ちは、信長を正しく評価できない元凶なのである。光秀は、少しため息をついてしまった。松永久秀はそれを見逃さず、傍らにある酒に手を伸ばした。

「松永殿、そこまでわかっていて、なおかつ長篠の合戦で源氏の血を引く武田を完膚なきまで破ったのに、なぜ今あえて叛旗を翻されるのか」

光秀の口調は自然と強いものになっていた。

「まあ、上杉に本願寺顕如、それに毛利輝元が織田を狙っておる。今でなければならぬというのは、こういうことであろう。しかし、叛旗を翻した理由は、そうではない。やはり信長が嫌い、少なくとも信頼に足る男ではないということになる」

「それは何故でございましょうか」

生真面目な光秀は、もう一度居住まいを正した。そんな光秀を見て、松永久秀も、自然と脇息から身を起こし、光秀に負けないように背を伸ばした。

「信長という男、物事がすべて金で解決できると思っておろう。確かに、足軽も金で雇えるし、鉄砲も武器も茶器も宝も金で買うことができる。そしてその金は伴天連が持ってくる。だから寺などはいらぬ。金を持ってくる伴天連と金を奪う寺、信長という男は人々の心を無視して躊躇せず伴天連を選んだ」

「伴天連がお嫌いか」

「いや、伴天連などは物の数ではない。それならば信長に叛旗を翻さずとも伴天連を殺せばよいのだ。そうではない。信長はすべてを金で買えると思っている。しかし、人の心は金で買うことはできぬ。自分の領国の統治や思い入れ、そしてその領国の民との絆、いずれも金では買えぬものばかりだ」

久秀は、最も大事なことを他者に理解してもらえない悲しみを、深い絶望を込めたため息で表現した。金銭や武力、権力の前で欲に目がくらみ、目の前の小さなことに気を取られ、本当に大事なものを見失っている者ばかりなのであると、久秀は言っているのだ。そしてその象徴的な存在が信長と伴天連なのだ。

光秀は、自分自身、久秀と同じような考えを持ちながら、久秀の指摘するような欲に目がくらみ、最も大事なものを見失った愚か者になっていないか、自問自答を続けた。信長の手先になって久秀を説得にし来ている立場で、何を思っているのか。それでも、光秀個人として、何とか説得してもっと教えを請いたい。

「しかし、それならば諫(いさ)めればよいこと。我ら若輩では無理でも、弾正殿ならば信長様も耳を傾けるのではありませぬか」

光秀は必死であった。確かに、心も領国も金で買うものではない。人と人との絆などは金など関係ない。まして伴天連嫌いは光秀も同じなのである。このように切羽詰まったときには、さまざまなことがよぎってゆく。そう言えば、以前にも信長と伴天連のことを批判する話を聞いたような気がする。そう、竹中半兵衛だ。竹中半兵衛と松永久秀という、光秀が織田家の中で学問や処世の師と仰いだ二人が、同じことを言っている。これは何かあるに違いない。

そのように考えたあと、ちょうど珠が光秀に反発していることが頭の片隅をよぎった。そして前にいる疲れ切った老人が、数年後の自分に見えてくる。光秀は語気を強めることで、そのような幻を必死に振り払った。

「さよう、拙者ならば諫言(かんげん)できるかもしれない。光秀でもできるやもしれぬ。では、貴公の息子十五郎光慶の言うことを、信長は聞くであろうか」

久秀は、ひときわ大きな声を上げた。しかし、大きな声を上げたあと、久秀は再度脇息に寄りかかり、そしてゆっくりと座り直した。

「金で何でも買える、そう思っているのが天王寺砦にいるときの佐久間信盛に見て取れた。あの佐久間とか言う能無しを使っているのは信長だ。その信長を生かし、我が子や孫に馬を引かせていては、大和国を領した松永の家の名折れであろう。それならば、命を惜しまぬ、金では買えぬ男の姿を信長めに見せ付けてくれよう。そう思ったまでだ」

光秀は自問自答した。そう言えば、光慶は光秀が歳をとってからの子である。当然に、今までであるならば「明智家」という「家」単位で物事が見られ、今の坂本の城もすべてその嫡子に引き継がれると思っている。しかし、信長の場合は必ずしもそうではない。人の有用性と金銭で物事を決めているのだ。もちろん、それが正しい場合もある。金銭で雇っているからこそ、農繁期や雪に閉ざされる時期には帰らなければならなかった朝倉の軍に、そして、金で買った鉄砲を使って武田の軍に勝つことができた。しかし、それが自分の身に降りかかったらどうなるのか。光慶は明智家を守ってゆけるのであろうか。

「悩んでおるようじゃのう、光秀殿」

久秀は一転、好々爺の笑顔で光秀の横に立つと、光秀を「殿」付けで呼び直して、その肩に手を置いた。斎藤利三も進士貞連も、供でありながら全く動かなかった。

「もともと尾張の者たちは、尾張の中の領地はそのままだ。佐久間も柴田もそのようになっている。ほかの活躍している者と言えば秀吉であろう。しかし、秀吉は子がないから我らのような悩みなどない。そのうえ農民の出身であるから、本来の守るもののもないのだ。我も武士の出身ではないことは同じだが、やはり齢七十になると、子や孫のことが気になる。そこには守るものが必要なのだ。本願寺を見てみよ。農民出身でも、信仰という金で買えないものがあれば、あそこまで頑強に対抗できる。そして、信じているものがある本願寺に、信長は何年も勝てないでいる。それが信長の、いや金で買った軍隊と金の力の限界なのじゃ」

「松永殿……」

「拙者は、ある意味で信長の最も嫌がるやり方で死んでやる。残念ながら、嫡男久通は拙者のような器は併せ持たぬからともに死ねばよい。松永の家も、先祖からの家ではないから家を惜しむ必要もない。ただし、金で買った足軽よりも守るもののある農民の方が強い。そして、信長が金を積んで望んでも手に入れられないものがある。それを世に知らしめるのが、拙者の最後の現世への奉公である。これ以上、止めてくだされるな」

　久秀はそう言うと、信長が最も欲しがっていた平蜘蛛の茶釜を大事そうに桐の箱にしまった。この平蜘蛛こそ、久秀が言った金を積んで望んでも手に入れられないもの、つまり、心や絆や信仰の象徴なのである。

　光秀は、その後少し雑談を交わして陣へ戻った。久秀は、光秀の供をした斎藤と進士には錦の絹と薬研藤四郎（やげんとうしろう）の脇差を土産に取らせたのである。

　交渉が不調に終わった信長は、もう一度、松井友閑を派遣したが、久秀は、今度は門を閉ざして城に一歩も入れなかった。信長は十月八日、織田信忠を総大将とした軍で攻めはじめ、十月十日、松永久秀は信長が何よりも望んでいた平蜘蛛の茶釜を叩き壊し、そのうえで、城に火を放って自害して果てた。俗説では平蜘蛛の茶釜とともに爆死したとあるが、真偽のほどは明らかではない。いや、爆破では残ってしまう可能性もあるので、久秀はしっかりと平蜘蛛を壊し、二度と使えないことを確認したのちに、その平蜘蛛と金で買えないものを持って自ら旅立っていったのである。

　その死に様に、光秀は何とも言えない悲しさと侘びしさ、そして、深い悩みの種を心の中に仕込まれた感じがしたのである。

二　蟻の二穴

「この度の信貴山征伐、見事である。そこで光秀、細川藤孝と筒井順慶を与力として使い、丹波を治めよ」

信長は、信貴山城で戦のあとを整理している光秀と細川藤孝、筒井順慶を呼んでそのように言った。

「かしこまりました」

「細川の家には光秀の娘、珠が輿入れするのであったな」

「はい。細川殿のご子息とは幼馴染ですので、珠も喜びます」

「ところで、筒井順慶のところは世継ぎに困っておる。その方の次男を筒井の家に送り、順慶の後を継がせるように」

この信長の言いようには筒井順慶も、そして明智光秀も驚いた。信長は、松永久秀の指摘のように子供に対する愛情に欠ける部分があるが、しかし、まさか光秀の息子を筒井順慶の世継ぎにするとは、全く考えてもいなかった。そもそも次男十次郎（のちの筒井定頼・明智光泰）はまだ六歳である。

「否(いな)と申すか。母熙子がいなくなっては、息子もそれでよいのではないか」

「はい……」

光秀は、しぶしぶ返事をするしかなかった。

のちに、筒井順慶のところに送った形にして、元服するまで坂本城で筒井を名乗らせながら育てるということにしたのだ。信長にしてみれば、これで主の光秀と与力の細川家、筒井家との間が親密になると考えたのであるが、家族の縁というのはそのように簡単なものではない。しかし、今逆らうわけにはいかないのも事実なのだ。次男十次郎本人は、何もわからないかもしれない。いや、すでに母と死別した今となっては、筒井家に行って一国一城の主となった方が幸せなのかもしれない。しかし、今そのようなことをしたら、明智家はどうなる。特に珠はどうなってしまうのであろうか。ただでさえ家族が引き裂かれるような悲しみを抱え、甘えたいときに母も父もいない不安な毎日を過ごしている珠が、これで弟の十次郎まで離れてしまっては気がふれてしまうのではないか。明智家にとって、光秀にとって、織田家にとって、信長にとって、そして珠にとって、血の繋がった家族とは何なのか。元服するまで坂本城で育てるというのは、その悩みの中で光秀なりに出した答えであった。しかし、その答えが正解であるということは全く思えなかった。

光秀は、信長の顔を見ながら松永久秀の言葉を思い出していた。

信貴山落城の九月から休む間もなく、十月には明智・細川の連合軍が二条城に集結した。

「左馬之助、丹波はいかがなっておる」

二条城は、元は十五代将軍足利義昭、そして今は信長の城である。光秀や細川・筒井は本丸には入らず二の丸で評定を行った。丹波からは、調略中の左馬之助が他の者も連れて戻ってきていた。

「丹波の調略は、すでに二年になっておりますから順調に進んでおります」

「丹波の国人衆はどうしておる。織田に味方した国人に攻めかかったりしていないのか」

細川藤孝は疑問に思ったことをそのまま口にした。自分が丹波攻略を申し付けられたときよりもスムーズに行っているのが不満なのか、彼の眉間には深い皺ができていた。

「義昭殿の性格上、領土をどうするとかではなく、御館様の邪魔さえすればよいということであろう」

光秀は、前将軍義昭は領土の野心がなく、統治のノウハウもないため感情的に信長の邪魔をしているだけではないかとの推察を披露した。もちろん細川とは古い友人であり、彼の眉間の皺が何を意味するかは十分承知して、そのプライドを傷付けないようにしたのだ。長く義昭の近くにいた細川にも理解しやすい話であった。義昭への義理で動いていて、なおかつ互いの土地を支配しようとするほどの領土的野心もなく、そのうえ、兵数も少ない丹波国人たちは、むやみに戦は起こさない。つまり、噂で出ている毛利家の吉川元春が来なければ大規模な侵略はないということになる。

「それでは何故、赤井は但馬に」

筒井順慶は、当然の疑問を投げた。筒井には細川のような不満はないが、光秀の言葉が矛盾しているように聞こえたのだ。矛盾する敵には組みにくい。

「それは、一つは毛利と直接の繋りを付けるために西に領土を伸ばすということと、もう一つは石見銀山の銀でしょう」

「ああ、石見銀山は山名殿でしたな」

筒井順慶も納得がいったようだ。信長に対抗するにはまず金が必要なのだ。

「では左馬之助。いかがか」

「はい、頑強に抵抗をしているのは八木城の内藤有勝、八上城の波多野秀治、黒井城の赤井直正、宇津城の宇津頼重かと」

「いずれも剛の者であるな」

光秀の前に丹波を任されていた細川藤孝は、そのことをよく心得ている。

「はい、そのために氷上郡玉巻城の久下氏をはじめ、横山の塩見氏、余部（あまるべ）の福井氏、大山の中沢氏、鹿集（かたかり）の吉見氏、犬甘（いぬかい）の酒井氏、小室の芦田氏など多くの国人が彼らに靡いております」

「久下、中沢、酒井、芦田と言えば、足利尊氏公が旗揚げしたときに合力した国人衆ではないか」

筒井順慶はため息をついた。彼らは足利家との繋りが強く、足利将軍家の直臣であるという感覚が強い。そのため、義昭と決裂した信長は主君の敵と思っているに違いないのである。義で行う者は利に傾かないという。調略は難しいということになる。

「で、味方は」

「弥平次らの活躍により並河・川勝・小畠殿のほか、山本城の宇野豊後守秀清殿、氷上柏原の四王天政孝（しおうてんまさたか）殿、船井郡大村城主田中盛重殿、多紀郡波々伯部員次殿などがお味方として名乗りを上げております」

光秀はその言葉を聞きながら、真ん中に置いた絵図に味方になる所を朱で丸を付けはじめた。その勢力分布によって、京の都から保津を抜けて丹波に入るか、あるいは羽柴秀吉の抑える播磨から入るかが大きな問題になるのだ。しかし、絵図を見れば答えは簡単であった。

「老ノ坂だな。山本城からまずは亀山砦と余部城を抜く」

光秀は宣言した。

「何か策は」

「今回は、織田家の力を世に示さなければならない。軍は特に策を使わずに行くようにすべきだ。ただし、左馬之助のところでは調略をそのまま続ける」

細川藤孝の問いに、光秀はそのように答えた。

「では、丹波平定において、攻略の先鋒は細川殿にお願いします。明智軍からは斎藤利三を付けましょう。まず亀山砦を落としてくだされ」

「心得ました」

細川は頭を下げた。

「筒井殿は大和を平定し、その後、援軍が必要な場合に播磨から加勢を願います。ただ間には本願寺がありますので、そちらの抑えもお願いしなければなりません」

「播磨から」

筒井順慶は怪訝な顔をした。自分は、丹波平定の軍から外されているという不快感をあらわにしたのだ。

「御館様から急ぎの沙汰がある場合、筒井殿がまず我らのところからご出陣願います」

信長の急な呼び出しに対応することと、畿内の安定を図ることが筒井順慶の役目である。信長の呼び出しを任せられるのは、細川ではなく筒井であった。そのことが言下に含まれている。何しろ、細川は丹波を任せられないとして信長の不興を買っているのである。その後を引き継いだのが光秀なのだ。信長の急な呼び出しを細川に任せることはできない。

「相わかり申した」

筒井順慶は満足そうな顔で頷いた。

「筒井殿、大和は松永殿がいなくなって少し荒れているはず。まずは丹波より足元を固めていただきたい」

「承知」

この筒井順慶の納得した声で、評定は終わった。

評定の翌夕、光秀と左馬之助は二条城の城外に待っていた土田弥平次と会った。

「弥平次殿、役目ご苦労にござった」

左馬之助がそう言うと、弥平次の横に雪が進み出た。

「殿、雪からご報告が」

「なんだ、申せ」

「亀山砦の内藤忠行様のお命、頂戴いたしました」

「なに、殺せとは言っておらぬが」

光秀の狼狽ぶりを見て、左馬之助は、少しうつむいて笑みを浮かべた。

夕方から始まった調略のための評定は、陽がとっくに落ちてからであったが、やはりここは京の都、夜でも街の灯りはかなり明るかった。街灯が障子を通してうつむいた左馬之助の顔に影を作り、陰の部分がより黒く感じさせる。その左馬之助がまるで独り言のように言葉を繋いだ。

「皆で評定し、殿が次に丹波攻めを行うのは、間違いなく老ノ坂から篠村に抜けて入られるであろうと思い、亀山砦から八木城までの間を主に調略してございます」

「調略せよとは申したが、殺せとは言っていない。織田家の威風を天下に響かせるために、我らは戦って勝利を得なければならないのだ」

「それでは兵の命が減ります。しかし、刃物で命を頂戴すれば、必ず騒ぎになります。そこで、雪に命じて内藤の城の糧食などには薄く毒を混ぜてございます」

毒を混ぜた――光秀とすれば、正々堂々と戦って勝ちたかったが、左馬之助の言う通り正々堂々と戦っていては兵の犠牲が減らないことも確かだ。光秀のプライドだけでは戦はうまくゆかない。少し憂鬱な表情を見せたが、すぐに思い直したようだ。

「左馬之助の意を受けた弥平次の指示か、相わかった。細川殿が戦っている間、余部城の福井や八木城の内藤が援軍を出してくるであろう。庄兵衛、その方が軍を出してそれを抑えるように」

「はっ、承知」

溝尾庄兵衛はそのように言うと頭を下げた。

「余部城は先に討たないのですか」

明智光忠は疑問に思った。敵をすべて倒した方が後顧の憂いなく、黒井城や八上城に向かうことができる。

「いや、なるべく戦うべきではない。調略を主に行い、血を流さずに幕府草創の軍を治めることを勝ちとせよ」

「光忠殿、殿はなるべく人を殺さずに、丹波を治めるおつもりなのだ。とりわけ篠村には特別な思い入れがおありとか」

横で聞いていた光秀の側近、進士貞連が光忠に言った。篠村は、室町幕府を創った足利尊氏が鎌倉幕府に対して倒幕の兵を起こした旗揚げの地。幕府は滅びてしまったものの、尊氏の功績を高く評価している光秀にとっては、これから天下を統べる人が治めるべき地であり、また源氏の再興の象徴的な意味を持つ土地なのである。源氏の血を引く土岐氏の末裔である光秀は、尊氏の時代に源氏に力を貸した丹波の国人衆をなるべく殺さずに、自分の配下に入れることにより、「源氏の棟梁」として名を轟かせることができると考えていたのだ。まだこのときは信長の治世の下で、そのようにして武士を治めるというような感覚を持っていた。しかし、その源氏の末裔であるという意識が、徐々に光秀自身を蝕んでゆくとは誰も想像はしていなかった。

光忠は、なるほどという表情をして納得したことを示した。

「源氏の棟梁が丹波で鬼退治とあれば、殿も源三位頼光様の再来として名も轟きましょう」

貞連は、光忠が今一つ丹波篠村がわかっていないので、あえて足利尊氏ではなく、その前の源頼光が酒呑童子を退治した話を持ち出した。義昭を追放した織田家にとって足利尊氏の功績を追っているというのは、あまり良い話ではない。それならば鬼退治にした方が話がわかりやすくてよい。

「明智城を枕に亡くなっていった光安様や殿の父上である光綱様に、この姿をお見せしたかった」

藤田伝五郎や溝尾庄兵衛など、明智城以来の譜代の臣は皆涙を流した。

「貞連、鬼退治とは良いではないか」

ちょうど赤井直正は、「悪右衛門」という渾名だけではなく、「丹波の赤鬼」とも呼ばれていた。これに籾井城の籾井教業は「丹波の青鬼」、波多野秀治が「山鬼」、荒木氏綱が「荒木鬼」と言われ、京都童に恐れられていた。信長に叛旗を翻す者をすべて鬼に見立て、鬼退治をする。光秀はこれならば明智軍の士気も上がるし、また、戦に行くと思っている珠に「鬼退治」という正義の味方の役目をするという言い訳もできると考えた。そこにいる誰もが、丹波平定ではなく丹波の鬼退治と位置付けるようにしたのである。

十月十六日、細川藤孝・忠興親子の率いる軍は、山本城の宇野豊後守の道案内で、すぐに亀山砦に取り付いた。

「内藤忠行殿が亡くなられ、守将が誰もいないときに、何ということだ」

亀山砦はのちの亀山城のような立派な城ではなく、内藤家の守る八木城の砦でしかない。現在のような石垣や曲輪が亀山城にできるのは、明智光秀が入城してからのちのことである。そしてその砦の将である内藤忠行が病死に見せかけて暗殺されてしまっているのである。また、内藤忠行と同じく、多くの将兵が薄く毒を盛られてしまっているために、動ける者も少なかった。普段ならば戦わない女子供や農民などが、今や砦の主力である。リーダーが不在で、戦い慣れていない者たちの籠城戦ほど悲惨なものはない。砦として統率された作戦を取ることができないために、各々が勝手に細川の軍と戦う結果になってしまった。

「さあ、皆でデウス様に祈りましょう」

砦の中の女子供は、すべての者が胸から十字架を下げ、ある意味で幸福そうな顔で、細川軍の槍に突き伏せられてゆく。

「な、何なんだ、やつらは」

女子供は殺すなと伝えていた細川藤孝も、殺されるために出てくる内藤家の人々に恐れを感じていた。普通の城攻めとは何かが違うのだ。

「すべて殺せ。ただし、逃げる者は追うな」

細川の軍は亀山砦で三日間戦った。早く落とさなければ近隣の城から援軍を送ってくる。溝尾庄兵衛が抑えに回っているとはいえ、早く落とすことに越したことはない。十月十九日に砦を落としたときには三日しか戦っていないというようなものではなく、もっと大きな疲れが残った。細川藤孝も忠興も、将兵一人ひとりが、もう戦うのが嫌だというような心の傷を負ってしまった。砦には、甲冑や具足を付けた兵は当然のこと、胸に十字架を下げた女子供の遺体が多く残った。細川藤孝の嫡男でまだ若い武将忠興は、その姿が目に焼き付いてしまい、十字架に大きなトラウマを抱えることになった。妻となった珠が洗礼を受けて伴天連となってしまい、「ガラシャ」と名乗るようになってから、忠興と珠夫婦の間に大きな心の溝ができてしまう。そして関ヶ原の合戦でガラシャが悲劇的な殉教者となることに繋がるのだが、それはのちの話である。

一方の明智軍の主力は、伊丹城の池田勝正のところに寄ったあと、そのまま野瀬の横を抜けて丹波国多紀郡の籾井城を攻めた。籾井城はやはり赤井直正と姻戚関係のある籾井教業と、綱利が守る堅城であった。この前年天正四年（一五七六年）十一月、妻の熙子が亡くなって意気消沈していた光秀に代わり、羽柴秀吉の軍から池田勝正や別所長治などが十八日間攻めたが落とせなかった城である。

「何故、ここから」

家老の藤田伝五郎は、光秀の横に馬を着けて問うた。

「羽柴殿と繋ぎを付けるのは、亀山とここを抑えるのが最もよいであろう。まあ、羽柴殿に丹波の要所を取られるのは癪に障るしな」

「羽柴殿が。なぜ」

「羽柴と考えるからダメなのだ。竹中半兵衛殿と言えばわかりやすいか」

伝五郎は深く頷いた。光秀が半兵衛を頼りにしていることは、明智の家中で知らない者はいない。何か困ったときに半兵衛に意見を求める、また半兵衛が窮地に立たされたときは明智の軍が助けに行く。毛利という強敵を敵に回すに当たり、光秀はそのようなことを考えていたのだ。友への義理に篤い光秀らしい対応である。

「御館様も、秀吉殿と私が一緒にやることを望んでおられるはずだ」

明智光秀は、本隊を籾井川沿いに布陣しながら、光忠の軍を裏手の本休禅寺に向かわせ、そちらを先に落とした。そのうえで裏手から火を掛け、追い立てながら籾井川沿いで出てくる籾井軍を討ち取ったのであった。

「もはや、これまで」

青鬼と言われた籾井教業は、軍を率いて光秀の本陣に突撃を繰り返し、見事に戦死した。そしてまだ若い城主籾井綱利は、籾井城の本丸で自刃して果てたのである。天正五年（一五七七年）十月二十九日のことである。

こうして、光秀による丹波攻略、いや、源氏による丹波の鬼退治が始まったのである。

三　赤鬼の死

亀山砦と籾井城を落とした光秀は、細川藤孝に命じ、細川軍総出で摂津・播磨と丹波の間の街道を整備するように命じた。

丹波は内陸の国である。そこで、海に通じる街道を整備することは、物流の面でも「塩」ということでも非常に重要なのである。ましてや石山本願寺が優勢になれば、播磨で戦っている羽柴秀吉の軍は孤立してしまう。もちろん信長は、そのことを考えて「見殺しにしても惜しくない武将」である農民出身の秀吉を播磨統一に向かわせたのだ。しかし、その陣営に、信長の子で光秀の義甥でもある秀吉の養子の於次秀勝や、光秀が頼りにしている竹中半兵衛がいるとなると、話は別だ。また光秀自身、前回の黒井城攻めのときに、播磨に逃げることで軍の被害を最低限に収めた。京の都との道だけではなく、多く道で繋ぐことは光秀の丹波攻略の観点からも重要であった。

そのような中、天正六年（一五七八年）三月になって、やっと木々の蕾が膨らみはじめたころ、竹中半兵衛から急ぎの書状が亀山砦の修理普請場の光秀の元に届いた。

「光秀殿、大変申し訳ないことであるが、我が殿羽柴秀吉は、やはり農民の出で大変困っております。先日も播磨の加古川にて別所長治殿を若輩と見て取り、無礼で怒りを買う状況になり、別所長治殿は三木城に籠って出てこぬ様子。近いうち光秀殿の力を借りねばならぬ状況になると思われますので、何卒よろしくお願いいたします。常に相手を敬う光秀殿ならば、そのようなことはなかったと確信しております。下賤に仕えると苦労が絶えません」

「つまり、別所長治殿が謀叛を起こしたということか」

光秀はため息をつきながら、傍らにいた進士貞連に書状を示した。貞連は簡単に目を通すと、すぐに横にいた溝尾庄兵衛に手渡した。

「殿、調略を待ってばかりいないで、少し事を起こさねばなりませんな」

さっと目を通した庄兵衛は光秀に声を掛けた。

「この報せが入れば、丹波は再度、織田家に背く者ばかりになる。その前に丹波の国人が力を貸さぬようにしておかなければならない。左馬之助のところから鶴を呼べ。庄兵衛は陣触れを出し、戦の準備を」

光秀はそう言うと、亀山砦の修理普請までの間、しばらく拠点としていた山本城に戻った。

「鶴にございます」

もともと鶴に気がある山本城主宇野豊後守は、鶴の美しい声にすぐに反応した。

「鶴殿が参られるというのは、いかにしたことで」

「宇野殿も一緒に評定をお聞きになられるか」

山本城の本丸である。本来は宇野の城であるが、光秀に明け渡しているので、評定など光秀の許可がなければ本丸に入ることもできない。光秀は普段ならば人払いをするのであるが、鶴に気がある宇野へ、あえてその場にいるように言ったのである。鶴本人が肌を許さなければ、手の届く女ではないと宇野に知らせようという狙いだ。

「鶴か、入れ」

襖を開けると、その向こうに鶴が一人でかしこまっている。

「鶴殿、いつ見ても美しい」

「宇野様、お役目の途中にございます」

凛とした声で、宇野の方へ目も向けず鶴は言い放った。

「まあよい、面を上げよ。鶴、すぐに御館様へ使いに走ってもらいたい。今ならば二条の城に在られるはずであろう」

「はい、何用で」

光秀は懐から書状を出すと、それを普段ならば傍らの進士貞連に渡すのであるが、このときは悪戯心から宇野に手渡した。宇野は、その手紙を届ける振りをして、鶴の手を握ろうとする。鶴は慌てて宇野の手を払った。宇野も光秀の前では、さすがにしつこくはできない。

「これを渡してほしい。播磨の様子から丹波が騒乱になる前に、丹波の城をいくつか落としたいので、援軍を差し向けていただきたいと書いてある」

「御館様に直接言上した方がよろしいでしょうか」

「杏に言って、そうしてくれ」

宇野は光秀と鶴の言葉のやり取りを聞いて、驚いた表情をしていた。書状のやり取りならば、門を固める足軽大将などに渡すだけでもよい。しかし、今まで宇野が邪(よこしま)な心を抱いていた鶴は、信長に直接話すことのできる女性であったのだ。貞連は横で押し殺すように笑っている。鶴も貞連の笑いを見て、光秀がわざと宇野を残したことを知ってか、にっこりと宇野に微笑みかけると、そのまま退出していった。宇野は、まだ名残惜しそうに鶴の座っていたところを見入っている。

「さて宇野殿、そのような用件なのだが、兵を出していただけるか」

「もちろんにございます」

鶴がいた手前、少し良いところを見せたい宇野は、二つ返事で出陣の準備をした。

光秀は播磨の一大事であることから、細川の造った道を通り、まずは八上城の波多野秀治を一度攻めた。しかし、攻めるというよりは待ち合わせに近い状況で、そのまま摂津に戻り、信長、信忠に挨拶したあと、四月には丹波園部城の荒木氏綱を攻めている。

「金柑頭よ。鶴という女子、なかなか美形であるな。芳子だけではなく、杏も鶴も良い女だ。その鶴の必死の頼みである。援軍を遣わす。存分に戦え、よいな」

信長はかなりご機嫌であった。信長の性格からして、女性を褒めないことはない。その意味では現在で言うプレイボーイ的素質が高かった。もちろん、別な言い方では「英雄色を好む」とも言う。現代の人からすれば、フランスやイタリアから戻った友人が、急に女性に対して惚れっぽくなり、大胆に口説くようになるのと同じように、信長の時代では伴天連の女性の扱い方や船乗りの女性の口説き方を見習い、日本人とは異なる文化で女性関係を見るようになってしまったのではないかと疑いたくなるような感じであった。いずれにせよ、当時の女性からすれば、要注意人物であることには間違いがない。

一方、雪は土田弥平次とともに丹波黒井城下に長く潜伏していた。城に直接入ることはできず、黒井城門前の杖林山誓願寺と猿田彦神社の間で、蕎麦屋をやっていた。丹波の国は、西国では少ない古くからの蕎麦の産地である。

「いらっしゃいませ」

雪は愛想もよく、すぐに評判の町娘となり、黒井城下では城に籠った足軽が城を抜け出して雪の姿を見に出かけ、蕎麦屋には人だかりができていた。他の黒井城下の店は、二年前の明智軍との戦いでほとんどが店をたたんで、どこかに逃げてしまっていた。一つしかない店の看板娘がかわいくて愛想がよければ、人気が出るのは当然だ。

「今日も蕎麦掻きでよろしいですか。お酒も付けますか」

「ああ、雪ちゃん。今日は酒も付けてよ」

「ああ、こっちは田楽ね」

奥で蕎麦を打っているのは弥平次である。雪はすべての客に愛想よく対応していた。いつ明智の軍と戦になるかわからず、毎日城に籠っていては楽しいことなど何もない。明日をも知れぬ立場では、今ここで雪と戯れることが唯一の楽しみであった。

「あら、いやだ。変なとこ触らないでくださいよ。まだ酔っ払うのは早いですよ」

酔った足軽が、雪の尻を触っても笑顔で返すところは、さすがである。

「御免」

そんなある日、行列を押しのけて、背の高い男が入ってきた。店の入り口近くで食事中の足軽を追い出し、その席に座ってしまった。その足軽は一瞬文句を言おうとしたが、その顔を見て何も言わず、そそくさと店を出て行ってしまった。

「順番は守ってくださいな。うちはお城じゃありませんよ」

雪は全く構わず、ほかの客へ蕎麦掻きや田楽を出しながら、その男をあしらった。奥で弥平次の目が光っている。並んでいる足軽たちはどうしてよいかわからず、生唾を飲み込んで見ているしかなかった。自分に目が向けられていないにもかかわらず、蛇に睨まれた蛙のように、全く動くことができない者ばかりだ。やっと動ける者の中には、列から抜け出し、気付かれぬように城に向かって走って帰る者も出てきた。雪は、それに気付きながらも全く気取られることなく、その中でいつも通りに振る舞った。

「わしのことを知らんのか」

「どんなに偉いお方かわかりませんが、ここは蕎麦屋ですよ。蕎麦を食べる人はみんな一緒なの」

雪は、その男の方へ向き直り、今度は男の目の前で少し怒った表情で言った。わざわざ前に行って怒った表情を見せたいのではなく、目の前に行かなければ出て行った足軽の器を下げることができない。しかし、その侍の姿を見た近くの足軽は、皆どうなるものかと汗を流した。店の中の者は誰も動けないでいる。

「おい、小娘」

ガシャン――その男は、雪の顎を乱暴に掴むと、自分の方へ強引に向かせた。雪の持つお盆や器が落ちて大きな音を立てた。その怒った表情が気に入ったのか、男は雪の顔を見てにやりと笑った。

厨房の土田弥平次は、何事もなかったように全く出てこない。何も聞こえない風で田楽の味噌を煮込むように火の前に立っていた。いや、何かあれば火炭を投げて時間を稼ごうとしているのだ。

「いい顔をしているじゃないか。わしが城主赤井直正と知ってのことか」

「し、知っているわけがないじゃないか。お城に上がったこともなきゃ、あんた、この店に来るのも初めてなんだから」

雪は、少し震えながらも精一杯頑張って言った。光秀が狙っている男は、この男なのだ。厨房の奥で、弥平次の包丁を握る手に力が入る。

「よし、気に入った。順番を守ろう」

弥平次や雪が、直正と刺し違えようと思っている心に全く気付くことなく、店の前で並んでいる部下たちの後ろに並んだ。

それから三日間、赤井直正は雪のところに通い続けた。もちろん評判の蕎麦掻さを食べて帰るだけである。それ以上は何もしない。

「おい、小娘。今日も蕎麦掻きを頼む」

直正はそう言うと、突然、雪の手を握った。

「お前、うちの息子直義のところに上がらぬか」

「お殿様、またご冗談を」

雪はいつも通り、明るくあしらっている。もう赤井直正を目の前にしても、全く緊張することがなかった。いや、このあとに起こることを知っているのだから、その中で普段通りにポーカーフェイスで対応し、相手に気取られることがないというのは、雪の修行の成果でもあり、またそれだけ優秀なくノ一であるという証でもあった。

「おやじ」

「へい」

「お前はどうだ。城の台所に立たぬか」

「一介の蕎麦屋ですから、お城の台所などは恐れ多くて」

弥平次も厨房から声を上げた。その時である。何の音もなく矢が店の外から飛んできて、入り口に座っている赤井直正の肩をかすめた。赤井直正は、すぐに立ち上がると、外に出て矢を放った者を探した。

「誰か、矢を放った者を捕えよ」

蕎麦屋の前は黒井城の足軽ばかりだ。すぐに矢の飛んできた方向へ数名が走り出した。

「お殿様、大事ありませんか」

雪は、懐から手拭いを出して、血が出ている直正の傷口に当てた。誰の目にも傷の手当てをしているようにしか見えない。しかし、雪はその手拭いに毒を含め、それを傷口から擦り込んでいたのである。果たして、矢を放ったのは鶴であった。雪が店で直正のいつも座る場所を教えておいたので、見なくても影だけで矢を当てることができたのだ。

「うむ、かすり傷だ」

赤井直正は雪の目の前で見栄を張って、何事もなかったように椅子に座り、蕎麦掻きと田楽を注文した。傷口に毒を塗り込んでも全く疑わないほど、直正は雪を信用していた。いや、嫡男のところへ上がるように勧めるほど気に入っていたのである。雪も気付かれていないのをよいことに、何事もなかったように、いつも通り蕎麦掻きと酒を出した。

「お殿様、酒とわさびで傷口を清めると良いらしいですよ」

雪は笑顔で言った。

「それには及ばぬ」

少し場が白けたのか、赤井直正は食べると足早にその場を去った。赤井直正が高熱を発して寝込み、死んだと知ったのは、その数日後であった。

土田弥平次と雪の蕎麦屋は、殿様の喪に服すとして数日間店を閉めた。店の前には、足軽が残念そうに肩を落として城に戻る姿が目立った。もちろん弥平次と雪は、左馬之助の下に赤井直正の死を伝えに行っていたのである。左馬之助の指示で戻った二人は、そのまま店じまいをすれば怪しまれるとの判断で、もう少し店を開けることにした。黒井城の動向調査と、決戦時の明智軍を引き入れる手引きが次の役目なのであった。

「赤井直正が死んだか」

「鬼退治」を言いはじめた明智軍にとって、これで青鬼と赤鬼を倒すことができた。このあと、赤井家は息子が直正の跡を継ぎ、弟の忠家がその後見人となることとなる。「悪右衛門」の名は赤井忠家がその後も標榜し、『信長公記』などにおいても、こののちの忠家などに対しても「悪右衛門」の渾名を使っている。しかし、赤鬼とまで言われた猛将は出なかったのである。まさに赤鬼は死んだのである。

摂津にいる光秀の下に、左馬之助からその報せが届いたのは数日後であった。これで丹波攻略を本格化できる。光秀は信長の援軍を受け、丹波攻略、残りの鬼退治に戻ることにしたのである。

四　輿入れの寂寥

「光秀殿、いや惟任日向守殿、どこを攻めましょうか」

そのように言ってきたのは、織田家の宿老滝川一益と現代で言えば信長の親衛隊隊長とも言える丹羽長秀であった。この二人が来るということは、信長も、光秀と丹波のことがよほど気になっていたに違いない。

「お二方が援軍とは、この明智光秀、恐れ入ります」

「いや、摂津で戦い、そのあと三木城の別所攻め。まあ、少し明智殿の下で楽をさせていただきましょうぞ」

「我ら丹羽家は、滝川殿と違い先日まで安土の城普請でしたから、光秀殿のような戦上手の下で、勘を戻さねば役に立ちませせぬわ」

滝川と丹羽は、まるでこれからお花見にでも出かけるかのような気軽さで会話した。

四月十日から、明智・丹羽・滝川に細川の軍も加えた連合軍は、平城である園部城を落とした。守将の荒木氏綱は園部城を放棄して本城である細工所城に戻り、周囲に栃梨城、貝田城などの支城網を形成し徹底抗戦の構えを見せたが、光秀は抑えの兵を置いて、そのまま軍を亀山へ戻した。このころには、修繕も終えて砦を城と成し、一応、丹波攻略の拠点となるくらいまで城域を拡張してあった。

「いや、荒木氏綱を倒すことはできなかったが、園部城と並河殿、川勝殿、波々伯部殿などお味方のところを通って籾井城まで、やっと結ぶことができました」

光秀は、礼の意味を含めて丹羽・滝川と一緒に亀山城で酒を飲んだ。もちろん、陣中であるために、豪華なものではなかったが、丹波は食材の種類が豊富で水も良いため米もよく採れる。酒も肴も京の都にいるときよりも、新鮮でおいしいものが少なくなかった。当然に、二人は大層喜んでいた。

「光秀殿、次は波多野と赤井の間を切らねばなりますまい」

丹羽長秀はそのように進言した。

「どのように分断したらよいでしょうか」

「それは、城と城の間に城を築けばよい」

滝川一益は事もなげに言った。

「丹波に多い山城は籠るのには易いが、狭隘(きょうあい)の谷を通らねば繋ぎが付かぬ。その間に城を築けば自然と繋ぎは途絶えましょうぞ」

安土城の普請を任された丹羽長秀だけある。いつの間に丹波の国内を見ていたのであろうか、すでに城の候補地も数か所選んで光秀に示した。丹波を任されている光秀にとっては、その能力や物見の使い方など、驚くことばかりであった。

「多紀と氷上の間。ちょうど追入神社の辺りが良いのではないか」

光秀は藤田伝五郎に、すぐにそこを調査へ向かわせた。その間に亀山城近くを安定させるために、光秀自身が軍を率いて宇津根・雑水川・安行山の三方向から塀を破って攻め入り、余部城に福井貞政を攻めた。

「足利氏満の四男福井満貞六代の子孫、貞政――足利将軍家の敵に頭を垂れるより、名を後世に残すのが武門の道である」

降伏の使者に対してそのように言い放ち、福井貞政は、一族郎党と勇戦して自害して果てた。

「この遺体を手厚く葬るように。将軍家に殉じた見事な死に様である」

光秀は、隣にいた溝尾庄兵衛にそのように伝えた。

「殿、このような者を捕えました」

足軽大将が連れてきたのは、まだ若い娘であった。右手には懐剣を握りしめている。ただ、怯えているのか顔面は蒼白で、心なしか手が小刻みに震えていた。自害をしようとして怖くなったのか、目には涙を溜めている。よほど辛いものを見たのであろう。光秀には痛いほどその心が伝わってきた。

「いかがいたしましょう」

光秀は、懐剣を娘の手から造作もなくもぎ取ると、その目をじっと見た。福井貞政の娘であろうか。この世の見納めに親の仇の顔を見ようと必死な黒い瞳は、光秀を見返していた。神も仏もいない——その娘に光秀は珠の姿を重ねていた。自分は鬼退治に来たのであって人を殺しに来たのではない。珠にそのように叱られるのではないか。光秀には、そのように責める珠の声、そして必死に光秀を庇う熙子の声が耳の中で響いた。

「放してやれ。女子を殺すでない」

「よいのですか」

「ああ、罪のない者を殺すほど愚かなことはしたくない」

意外そうな顔をした足軽大将は、怪訝な顔をしながら娘を連れて行った。光秀は城を落としたにもかかわらず、何か晴れない心に戸惑っていた。

「殿、しばらく丹波を離れて、坂本へお帰りになってはいかがでしょうか」

明智光忠が近寄って、そんな光秀を気遣った。摂津・播磨・丹波を往復し活躍している光秀も、珠や久子のことが気になっているはずだ。留守居の義父妻木範熙からは心配しなくてよいと便りをもらっているものの、やはり、会いたいものなのだ。光忠の妻は光秀と前妻千草の娘京子である。光忠には、京子から何らかの報せが来ているのであろうか。

「ああ、少しそうさせてもらおうか」

「丹波は任せておいてくだされ」

光秀は、坂本城に藤田伝五郎や進士貞連などわずかな供を連れて戻った。

「父上、お帰りなさいませ」

嫡男の光慶と、次男で筒井家への養子が決まっている十次郎、そして津田信澄のところに嫁ぐ久子が並んで出迎えた。女中のたきに抱かれた三男の乙寿丸は、まだ父のこともわからないのか、腕の中で寝ている。このひと時に光秀が最も幸せを感じる。武将としての光秀から、一人の父親に、いや普通の人間に戻れる瞬間なのである。

「珠はどうした」

「はい、それが……」

たきが口籠っていると、安土から来た杏が信長の書状を持って奥から出てきた。信長のところにいる杏は、玄関まで光秀を出迎えることはしない。もともと妻木家の家中の者であっても、今は信長のところにいることから、坂本城の中では客人なのである。

「殿様、信長様からこれをお伝えするようにと……」

書状には、八月の盆明けに信長自身が京都に出向くので、そのときに、珠の細川忠興への輿入れを行うようにとのこと。勝龍寺城まで信長自身が随伴するという内容が書かれている。煕子を亡くして親子の仲が悪いであろうから、この信長が媒酌をしてやろう、ということだった。

光秀は自然と涙がこぼれた。信長の心遣いに感動したわけではない。自分の娘の輿入れの日取りも信長に決められなければならない、それも信長が京に上るついでに、珠の輿入れの媒酌をしてやろうと言う。もちろん、細川藤孝がこののち、丹後に国替えになることや、光秀自身も丹波攻めが本格化する前にということもあろう。しかし、「神も仏もいない」という心情になった珠と、もう少し一緒にいたかった。自分は父親として何をしてきたのか。母を喪ったあと、珠の心を埋めることはできたのか。お役目ばかりで何も考えることができなかったのではないか。そのような後悔ばかりが涙となって頬からこぼれ、信長の書状を濡らした。

「珠はおるか」

いきなり襖を開けて珠を驚かせることはしない。自分が城の主人でありながら、娘の部屋に入るのも、中から声がしてから襖を開けるのが光秀の習いであった。今すぐにでも襖を開けて中に入り、珠を抱きしめたい。しかし、自分の性格やいつもの習慣から、感情に流されるままに行動することができないのが自分自身で情けなく、光秀の心の中に深く傷を付けた。

「父上でございますか」

「ああ、入ってよいか」

「はい」

珠は、静かに文箱の中に文と熙子の形見のお守り袋をしまった。何か悟り切った表情の珠に、光秀はしばらく声も出せず立ちすくんだ。まだ七月——珠の部屋の軒下には、燕の雛が、餌を求め我さきにと親鳥に向けて鳴き声を上げていた。その燕の声ばかりが耳に響く。

「珠、よいのか」

「はい、坂本にいますと母上様の影が消えませぬゆえ、早く細川になりとうございます」

「そうか」

襖を開けたまま、力なくその場に座り込んだ光秀は、自分が珠の心の支えになれなかったということを悔やんだ。悔やんでも時間は元に戻らない。なぜ自分は、最も身近で大事なものを見落としていたのであろうか。しかし、信長の命には逆らえない。もう少し手元に置いておきたいなどとは、言えない。珠も十五、年頃である。

「熙子のことは、すまなかった」

光秀がやっと口にしたのは、その言葉であった。今さら何を、と思われてしまうかもしれない。しかし、光秀にはそれ以外の言葉は何も思い浮かばなかった。ため息と後悔と、そのほか複雑な心のわだかまりが、この言葉と一緒に光秀の魂から出てゆくのを自分でも止めようがなかった。

「私、明智の家に生まれて良かったと思います。父上と母上のお気持ちを、他の家に生まれるよりも、よくわからせて戴けたような気がします」

光秀は何も言わなかった。一生懸命に笑顔を作る珠を見ることもできなかった。桔梗の紋の入った畳の縁がにじんでいった。

八月、光秀は河北一成と金津正直、それに女中頭のたきを付けて、珠を送り出した。自分が付いてゆきたいのを我慢することだけで精一杯であった。信長の使者として丹羽長秀が儀式に則り口上を告げ、坂本城の大手門まで迎えにきていた。

「長い間、お世話になりました。父上も息災で」

「細川の家のために尽くすように。元気な男の子を産めよ」

この時代、何よりも大事なのは嫡男を産むことであった。光秀はそれ以上、何も言うことはなかった。

「お預かりします」

丹羽長秀は装束を身にまとい、深々と頭を下げた。その恭しい儀式が、何とももどかしく、嬉しいはずの言葉が一つひとつ、煕子を亡くしたことへの後悔に繋った。

「珠……」

珠を乗せた輿が上がった。目線を上に上げて目に焼き付けるように輿を見上げると、その視線の先に黒い馬に跨った信長が映った。

「御館様も坂本へ参ってくだされていたのか」

光秀は深々と頭を下げ、輿が見えなくなるまで大手門を離れることができなかった。

丹波に戻った光秀は、何かを忘れるかのように城の攻略に没頭した。天正六年（一五七八年）九月に入って、小山城、馬堀城を攻略し、高山城を蹴散らし、そのまま鬼ヶ嶽城に取り掛かったのは、もう山が紅葉に染まる十月であった。

「竹中様から急ぎの使者にございます」

「どうせ、珠の輿入れのお祝いか何かであろう」

鬼ヶ嶽城を前に、光秀は何かを忘れようとしているかのように、その使者もしばらく無視していた。

「火急の要件にございます」

「誰が連れてきてよいと言った」

「いえ、それが」

使者を案内した足軽大将は、強引に迫ってくる竹中半兵衛の使者と光秀の間に挟まれて、おろおろするばかりである。

「まあよい、何事だ」

「荒木村重様、謀叛。有岡城に籠城。播磨と安土を繋ぐために丹波の街道を通らせていただきたいと、半兵衛様からのお申し出にございます」

荒木村重と言えば、摂津畿内で最も信長が期待していた武将だ。茶道にも通じ教養もある。もちろん兵法も武勇も申し分ない。何よりも、光秀の長女倫子がその嫡男荒木村次のところに嫁いでいるのである。

「す、すぐに左馬之助を呼べ」

貞連に指示を出すと、光忠に鬼ヶ嶽城の囲みを厳重にするように指示し、光秀は亀山城へ戻った。倫子を救出しなければならない。神も仏もいない——珠が嫁いですぐに、このように家族の不幸がくる自分の運命を呪って天を見上げた。光秀が見上げた空には分厚い雲が掛かり、今にも涙雨で地上を圧し潰しそうな鼠色をしていた。

平定の章

一　救出と求愛

「惟任日向守殿の娘御は、荒木の家に嫁いでおられると伺っておりますが」

荒木村重謀叛の報を受けて摂津に呼ばれた光秀は、総大将の織田信忠にそのように言われた。松永久秀を攻めたころから、信長ではなく嫡男の信忠が総大将として采配を振るうことが少なくない。もちろん、信長が後ろから見ているし、さまざまな方法で丹羽長秀や滝川一益などの宿老を信長が命令して助けているのであるが、しかし、名目上は嫡男の信忠がすべてを動かしていた。まだ信長自身隠居を考えるのは早かったが、信長なりの考えがあってのことだったのだ。

「はい、我が娘倫子が村重殿の嫡男荒木村次殿に嫁いで、現在尼崎の城に入っているはずです」

「間違いがないならば父信長の意向を伝えます。この度の事態に至った事情を荒木殿に問い質してきてほしいとのことです。娘御の倫子殿を直接お救いになられるご覚悟の光秀殿は、独自に荒木殿と交渉をされるに違いない。それならば、糾問の使者に立ってお話していただければよいと父が申しておりました」

まだ年若い総大将の信忠は、総大将であるのに光秀に敬語を使うという状態であった。光秀の見るところ、信長ほどの能力はないが、それでも非凡なものを持っている。今まで会った信長の息子達の中で、次男信雄、三男信孝とは違う器であった。このように敬語で命令されても、光秀は嫌な気がしなかったし、また、信忠が十万の軍を率いても何らおかしいところはないと思っていた。

「かしこまりました」

信忠をそのように値踏みしながら、光秀は信長の命令書を受けた。

有岡城は、思ったよりもあっさりと光秀を受け入れてくれた。今回は、村重のお茶友達である松井友閑、万見重元もともに有岡城に入っているので、事情糾明の使者というよりは、少し拗ねて部屋に籠っている荒木村重をなだめに行くような感じだ。

「村重殿、いったい何があったのだ」

「羽柴に嵌(は)められた」

村重は、苦虫を嚙み潰したような表情で吐き捨てるように言った。声は怒りに満ちているが、明らかに光秀へ向けたものではなかった。

「ハシバとは、秀吉殿のことか」

「ほかに誰がおる」

松井友閑は、お茶を点てながら思わず声を出した。村重は掴みかからんばかりに、怒鳴り声を上げた。

「何が、どうやって嵌められたのだ」

「だいたい、あの貧農の男が無礼すぎるのが問題だ。家柄も何もわきまえていない。信長様の威光を笠に着ているだけで、何の実力もないではないか。その男が別所殿に武門の恥をかかせ、三木城が逆らった」

「それは存じ上げております」

織田家中には、羽柴秀吉の無礼と無能は知れ渡り、別所長治はその犠牲者ということになっていた。謀叛なので、成敗しなければならないものの、別所に対する同情が膨れ上がっていた。通常ならば喧嘩両成敗で秀吉も処罰されなければならないはずだが、信長の四男である於継秀勝を養子にし、家督をすべて秀勝に譲ることになっているために助かっていると噂されていたのである。なお、後世そのように伝わっていないのは、秀吉が天下を取って、秀吉を悪く思っていた者が滅びてしまったからにほかならない。歴史とは勝者が作るものなのである。

「あれは明らかに、別所殿よりも秀吉が悪いのだ。こっちは、それでも我慢して奴の言うことを聞いて別所の城を囲んでいたら、人質を出せと言ってきたのだ」

「人質ですと」

光秀は怪訝な顔をするしかなかった。人質を取る場合は、安土の信長の下に送るのが習わしとなっている。しかし、そのようなことは聞いていない。松井友閑も万見重元も首を傾げるばかりであった。

「ああ、うちのだしを秀吉の城に連れてこいと言い出した」

荒木だし――荒木村重の二十以上歳の離れた側室で、『立入左京亮宗継入道隆佐記』に「一段美人に候」「今楊貴妃」と記される評判の美女であった。つまり、羽柴秀吉は自分が指揮権を持っているのをよいことに、荒木村重の妻妾に横恋慕し、人質として差し出すように言ってきたのである。現在であればパワハラで、上司がその権力を使って部下の妻を自分の接待に駆り出すというようなことだ。荒木が怒っても無理はない。

「そのうえ、あの土臭い野郎は、だしを人質に出さずほかの者を差し出すと決めたら、神吉城で拙者の部下が敵に通じていたとか、この村重が本願寺や毛利に通じているとか、拙者が裏切っているかのようなことばかりを言い、悪評を流していたのだ。まるで謀叛人に仕立てあげ、拙者が身動きできない間に、妻妾のだしを盗み辱めるつもりではないかと思うのだ。全く無礼にもほどがある」

思い出して、怒りが一層湧き上がってきているのか、力一杯畳を叩いた。茶碗が倒れ、松井友閑の淹れたお茶が畳の上に広がった。

「羽柴殿のところには竹中半兵衛殿がいるはず。そのようなことはさせないはずだが」

「光秀殿、貴公は何も知らないのか。竹中殿は最近病に倒れて、三木城ではなく、美濃の城に戻っておられる。拙者も半兵衛殿がいるならば、何か別な深い考えがあると思い、何とか耐えることができる。しかし今、あの農民風情に付いているのは盗賊の頭の蜂須賀と、姫路のこざかしい小寺官兵衛だ」

小寺官兵衛、のちの黒田官兵衛である。竹中半兵衛がいなくなった羽柴陣営で軍師となっている。しかし、半兵衛とは異なり秀吉の目的の実現だけを考え、周囲との調整や相手のメンツを考えるような人物ではない。まだ若いと言えばそれまでだが、半兵衛とは異なり出世欲や名声欲が強すぎるきらいがある。それを半兵衛が常に気にしていたことを、光秀は思い出した。

「そのことを正直に御館様へ言上すれば、今回のことは不問に付されるでしょう、いかがか。羽柴秀吉がおかしなことをしただけで、荒木殿には謀叛の気などはない。そのような誤解で、命を粗末にしても仕方がありますまい」

「今さら信長様に訴えても詮無いことであろう」

「いや、我ら三人が一緒に訴えましょう。是非一緒に安土へ参りましょう。その方が私の娘倫子も喜ぶと思います」

「なるほど。村次のところに来ていただいた倫子殿にも、ご迷惑をお掛けするところでござった。倫子殿には傷は付けられませぬから」

光秀ら三人は、村重自身が安土に行って申し開きをすることを何とか納得させた。

羽柴秀吉が傍若無人になった原因である信長の四男於継秀勝も、また謀叛を起こした側の荒木村重の嫡男村次の妻倫子も、光秀から見れば甥と娘でいずれも血縁である。この争いは、次の世代のことを考えれば他人事ではない。また、秀吉の足下が固まってくれなければ、播磨が安定せず、当然に光秀が行っている丹波の平定にも悪い影響が出てくることになる。光秀自身、この件に関しては謀叛などとはならずに落ち着いてもらわなければならないのである。その意味で光秀は自分のことのように必死であった。村重は嫡男村次とともに城を出て、光秀や松井友閑と安土へ向かったのである。

「そのようなことをさせて、女の件がばれたらどうする。官兵衛、何とかせよ」

秀吉は、ヒステリックに官兵衛に言った。このようなときに、秀吉が足軽だったころから一緒に歩んできた半兵衛ならば、秀吉を叱り、信長に対して申し開きをする方法を伝授したであろう。しかし、欲が強い小寺官兵衛は、これが自分の出世のチャンスと思って、半兵衛のように正義を秀吉に説くのではなく、さまざまな策を巡らせたのだ。官兵衛は同じキリシタンで、荒木村重の与力であった高槻城主高山右近のところへ向かった。キリシタンであるということから、二人はもともと仲が良かったのである。

「高山殿、同じデウスに仕える身として、今さら村重殿が信長様のところへ行かれても手遅れであると先にお知らせしておきましょう。また村重殿がいれば、いつまでたっても高山殿の上には厚い雲が掛かったままだと、フロイス殿が心配しておられました」

官兵衛は、自ら高槻城に出向き、荒木村重が安土に行かないようにしようと説得した。まさか、多くなったとはいえ、日本ではまだまだ少数派のキリスト教徒で同じ信仰を持つ官兵衛が、自分を騙すなどということは全く想像しなかった右近は、官兵衛の話をそのまま信じてしまったのだ。ましてや宣教師フロイスの名を使い、もっともらしく話をする官兵衛は活躍に応じて信長にも何度もお目通りがかなっている。そのような者が嘘をつくはずがないし、自分が考えている以上に信長の心理を知っていると右近は思いこんでしまったのである。

「村重殿、伴天連からの報せで、このまま安土に行けば殺されてしまうだけと言われています。光秀殿に騙されております。お逃げなされ」

高山右近は、有岡城からの途中、高槻城に立ち寄った荒木村重にそのように伝えた。そして、右近は護衛の兵を付けて、荒木村重・村次父子を高槻城の搦手から夜陰に紛れて連れ出すと、そのまま有岡城に送り届けてしまったのである。

「高山殿、何ということを」

光秀が気付いたときは、すでに遅かった。まさか、立ち寄った高槻城の城主の高山右近がそのようなことをするとは思ってもみなかったのである。

「光秀殿、では、あの癇の強い信長様が、絶対にお怒りにならないと保証できますかな」

高山右近はそのように言うと、光秀たちも追い出してしまった。光秀は空しく安土に報告するしかなかった。

「金柑頭、ぬかったな」

信長は、岐阜城の御殿で、まるで蛙のように畳の上に平伏している光秀に言った。怒っているわけではなく、仕方がないという雰囲気である。光秀はその信長の意外なまでの機嫌の良さに乗じて、普段はほとんどできないような問い掛けをしたくなった。自分自身と信長の考え方が同じなのか、少し試してみたくなったのである。

「御館様、もし村重殿が来られていたら、どのようにされていたでしょうか」

問いを投げ掛けてから、改めて信長が怒っていないことを確認するように、光秀は上目遣いで覗き込むように表情を窺(うかが)った。

「許していただろう。ただし、摂津から丹後か越前に国替えさせていたかな」

「丹後か越前」

「ああ、お茶も武勇も殺すには惜しい男だ。金柑頭の娘が嫁いでいることであるし、丹後に入れて丹波や但馬を一緒に治めさせたら面白かったかもしれん。まあ、禿ネズミでは家格が違いすぎたかな」

「家格の問題でしょうか。それならば事前にこの結果は見えていたのではありませんか」

光秀は、信長がこのようになることが予想できていながら、わざと秀吉の下に付けて荒木村重を試した、または潰したのではないかという気がした。

「そうかもしれない。まあ、それではよくないから金柑頭をやって説得させたのだ。ここまで来れば、許さなければならなかったであろう。もしそれで荒木を罰すれば、禿ネズミも首を刎ねなければならない。今回の件、どう見ても勝手に人質を取るなど、チョロチョロ動いた方が悪いのだ。そしてその策を授けた小寺官兵衛がもっと悪いのだ」

「しかし、それならば」

「金柑頭、よく考えよ。今の織田家で武将を二人喪うことがどれほど危ういことか」

「それは」

光秀はそれ以上言葉を繋げなかった。秀吉と荒木村重の二人の関係だけではなく、織田家全体の武将の配置などもすべて考えなければならない。小さな正義を実現することで、全体のバランスが崩れることは許されないのである。

「まあ、仕方がないことだ。それにしても禿ネズミは運の良い男だのう」

信長は、これから荒木村重と戦になるかもしれないというにもかかわらず、全く他人事のような感じで中空を見上げていた。まだ、光秀以外のほかの者が説得すれば元の鞘に収まると思っているのではないか。この余裕は、信長自身が他の者からどのように見られているか自覚がないということではないのか。いや、村重などがどのような覚悟で叛旗を翻し、そしてどのような気持ちで高槻城まで来たのか、その気持ちがわからないのかもしれない。主君と部下というように立場が異なれば、考え方やものの見方がここまで変わってしまうということなのであろうか。

「倫子に大事はないか」

安土から坂本に戻った光秀を待っていたのは、左馬之助であった。荒木村重が高槻城から戻ってしまい叛旗を明確にしたということは、荒木村次に嫁いだ倫子の危機である。村重は、光秀が糾問の使者として入ったときに倫子を傷付けないと約束をしたが、しかし、事情が変われればその約束も反故にされてしまう可能性もある。光秀はすぐに左馬之助を一時丹波から戻して、倫子の救出に向かわせていたのである。光秀の心中を表してか、風もないのに灯がやけに大きく揺れた。

「はい、明日には倫子殿は坂本に戻ろうかと思います」

「なに、いかに謀ったのだ」

「いえ、尼崎城に入りましたら安土にいるはずの村次殿が戻られ、話をしていましたら、倫子殿とは離縁して明日坂本に戻すとお約束されましてございます」

「なぜ、一緒に連れて戻らぬ」

「鶴が倫子殿のところに参っております。私もこれから尼崎に戻り、朝には倫子殿のところに」

左馬之助は、光秀の娘を助けたい心を察すると、その場で軽く頭を下げて秋の闇の中に消えていった。光秀はその姿を見送りながら、左馬之助がいつの間にこのような術を身に付けたのか、昔の美濃明智城落城以降、放浪の旅の間によほど苦労をしたに違いないと思いを巡らせた。光秀にとっては娘の倫子も大事であるが、明智家全体としては左馬之助も大事なのである。その左馬之助に頼りすぎている気もするが、やはり家族のことはほかに頼れる者がいない。

「御父上」

二日後、左馬之助の馬にまるで荷物のように乗せられて、長女の倫子が坂本に戻ってきた。その後ろには鶴がもう一頭の馬に、載せられるだけの荷駄を積んで走ってきている。

「倫子、大事はないか」

「左馬之助様が守ってくださいました」

馬から降ろされると、人目も憚らず泣きながら光秀に抱き付いた。よほど怖い思いをしたのか、倫子はまだ小刻みに震えていた。

「殿、無事にお届けいたしました」

「左馬之助、かたじけない」

光秀が言うと、倫子も左馬之助の方に向き直り、そのまま左馬之助の胸に飛び込むように身を預けた。

「倫子殿……」

左馬之助はそのまま抱きしめたいという手の動きをしたが、まさか光秀の前で倫子を抱きしめるわけにもいかない。周囲を見回し、世慣れた左馬之助らしくなく頬を赤らめるばかりだ。

「殿、ご報告いたします。まずこちらが荒木村次様よりの離縁状、そして倫子様の身の回りのお荷物にございます。ほかの女中などは、のちに徒歩にて坂本に参ります」

少し遅れて到着した鶴が、左馬之助の困った顔を、まるで珍しいものでも見るように一瞥すると、その左馬之助を全く無視する形で光秀に報告した。

「左馬之助と鶴は、少し坂本で休んでから丹波に戻りなさい。二人ともご苦労であった」

光秀はそう言うと、わざと倫子と左馬之助をそのまま残して御殿の中に入っていった。倫子と左馬之助の表情を見ていて、二人の関係を察することができないほど、光秀も野暮ではない。今も昔も、自分の命の危機を救ってくれたヒーローに心を動かされない女性などはいないし、また離縁されて悲しみに暮れている心を癒す存在が必要なのも事実なのである。

光秀は翌日、摂津の陣へ戻ると、天正六年（一五七六年）十一月までの二か月、荒木村重の一族郎党が守る有岡城や伊丹城を攻撃した。そして伊丹城攻略のあと、丹波に戻ることが許されたのである。

のちのことになるが、荒木村重は毛利や本願寺からの援軍が来るものと思って、天正七年（一五七七年）十二月まで有岡城に籠っていたが、愛妾だしに対する秀吉の横恋慕と、それに味方する信長軍の攻撃に耐えられなかった。そんなに女が欲しいならばくれてやるとばかりに、女子供すべてを有岡城に残して本人は伊丹の村次の城へ、その後、毛利領に逃亡してしまったのである。そして、荒木村重の家族は女中衆もろとも即刻首を刎ねられてしまったのであった。秀吉は村重の愛妾だしを欲しがったが、謀叛の首謀者に繋がる者をもらい受けるわけにもいかなかった。秀吉はこざかしい策を弄して、有能な部下と美女を一時で失ってしまったのである。

二　病身の杞憂

明けて天正七年（一五七九年）正月に、光秀は信長の命によってまだ幼い四女の久子を信長の甥である津田信澄に輿入れさせた。珠は何かと手が掛かり、また面影が熙子に酷似していたので特別な感慨があったが、久子はまだそこまでの成長をする前、齢十三での輿入れとなった。

「光秀と信澄との縁もこれで深まった。いやめでたい。金柑頭、天晴れである」

信長は、正月の酒宴に合わせて祝辞を述べたので、呂律が回っていなかった。それでも久子の縁組が非常に嬉しいものであることは何となく伝わった。信澄と信長の関係は、謀叛人であった信澄の父信行との関係もあり複雑であった。その信澄を明智の血筋で繋ぎ止めることができたのである。信長にとっては、このうえなく嬉しいことであった。

信長にしてみれば、美濃の関係では斎藤道三の娘が自分の正妻であり、光秀の妻の妹である芳子が「妻木殿」と言われて妻妾にいる。その芳子の子・於次秀勝が羽柴秀吉の養子になっており、また信長の甥に当たる津田信澄に光秀の娘が嫁いだのである。元幕臣の細川藤孝、そして大和の豪族筒井順慶も、光秀、つまり芳子に繋がる関係で縁が結ばれている。これで畿内は安泰となったのである。

この時期から、信長は畿内をごく少数の小姓しか連れずに一人で歩くようになった。軍の主力は信忠に任せてしまい、茶筅髷(ちゃせんまげ)で近在の子供たちを引き連れて、尾張清洲の山野を駆けていた時代に戻ったような感じだ。

「いつかは高下駄で転ぶような怪我をするぞ」

京の都の童は、そのようなことを噂していたほどであった。それほど自由に、多くの人の前で信長は無防備な姿を見せていたのである。

そのようなとき、有岡城に小寺官兵衛が説得に入ったまま帰ってこないという報せが丹波にもたらされた。光秀は荒木村重を説得しに入ったときの会話を思い出していた。

「羽柴秀吉が憎い」

荒木村重の言葉に出てきた羽柴秀吉、農民出身の下品な男が活躍できたのは信長という類い稀な人使いのうまい大名と、そして竹中半兵衛という智恵がありながらも人の情のわかる人間がいたからに違いない。その情と智恵の部分が無くなってしまえば、羽柴秀吉などは足軽一兵卒よりも使い物にならない。

「こざかしい小寺官兵衛」

村重はそのようにも言っていた。竹中半兵衛と異なり、出世欲に目がくらみ相手の感情を読むことの稚拙な官兵衛は、自分が嫌われていることを見ず、自分が説得するという功を焦ったに違いない。いや、もう少し悪い見方をすれば、だしの一件と高槻城で荒木村重に謀叛を最終的に決断させたことがすべて露見するのを恐れ、官兵衛自身が直接手を下さなければならないと判断しただけかもしれない。

光秀はそのようなことを思いながら、美濃の菩提山城を訪ねた。親友である半兵衛が病に倒れたと、荒木村重に聞いて居ても立ってもいられなかったのである。

「半兵衛殿、大丈夫ですか」

「いやいや、わざわざこんな片田舎まで。ご心配かけて申し訳ない」

布団の上に座り、羽織を肩から掛けて少しうつむき気味に話す半兵衛は、とても大丈夫というような状況ではなかった。顔に差す影は死相を思わせるものだ。

「今回の件で、官兵衛殿の嫡男松寿丸殿を殺せと信長様が申しておられる」

信長は、すべて見通していた。つまり今回の荒木村重の謀叛の中で最も悪いのは、秀吉に正義を説かず、策を授けた小寺官兵衛なのである。信長は、そのことも考えて、官兵衛が本当に使者として有岡城に説得に行って捕らえられたとしても、官兵衛に何らかの制裁を加えるつもりではなかったか。光秀が荒木村重を逃がしてしまい、信長の下に申し開きに行ったとき、最も悪いのは官兵衛と言い、そして秀吉が運が良いと言っていた。その言葉の意味は、嫡男松寿丸の命ということであったのか。光秀はその信長の出した答えに驚きを隠せなかった。

「有岡城に飛び込んで帰ってこないのですから、仕方ありますまい。私が村重殿の糾明に有岡城の中に入ったとき、村重殿は秀吉殿、官兵衛殿に怒りをぶつけていました」

光秀が有岡城の中での村重との話の内容を伝えると、半兵衛はより悲しい表情を向けた。

「いや、松寿丸殿の命を頂戴するのはいつでもできます。しかし、今はそのときではありません。松寿丸殿をここにお連れしようと思っております」

何と、半兵衛は信長の命令を破ると言っている。いや、半兵衛はこのようにして秀吉にも命を張って正義を説いていたに違いない。今、自分の寿命が近付いてきているときに、その命を盾にしても、信長に正義を説こうとしているのではないか。

「半兵衛殿、そこまでしなければならない人材ではありますまい」

こざかしいと言っていた村重の言葉が、まだ耳元から消えない。数回しか会ったこともない官兵衛をさまざまに評価するほど、光秀自身偉くなったわけではない。しかし、村重の謀叛も官兵衛が起こしたことと思えば、有岡城に監禁されていても、また、殺されていても自業自得なのだ。そのような者のために病身の半兵衛が苦労をすることは見ていられない。

「どうせ、私はもうすぐ死にます。ならば人一人の命を助けてもよろしいでしょう」

「死ぬなどとは、滅相もない。もっと織田家のために活躍していただかなければなりません」

「自分の寿命くらいは自分でよくわかります。地上の戦では負けはしませんが、身体の中の病との戦いはどうも分が悪いようです」

光秀は何も言えず半兵衛を見た。光秀が止めても止まるものではない覚悟を感じた。死を間際にした男は、これほどまでに強いものなのか。自分にはそのような力があるのか。光秀自身、その半兵衛の力と覚悟の源がわからなかった。

「小寺殿は、能力はありますが、功を焦ることと人の情がわからぬところがあります。松寿丸殿のことで人の情がわかるようになれば、きっと織田殿の役に立ちましょう。私がそろそろお役に立てなくなるので、仕方がないことです」

とぎれとぎれに話す半兵衛は、いかにも苦しい息遣いである。

「お役に立てないなど、そんなことはありますまい」

「光秀殿、私が傍にいながら羽柴殿の動きで、別所殿と荒木殿が謀叛を起こしました。これはすべて、羽柴殿の質の悪さからでしょう。今後も羽柴殿のところから謀叛人が出ると思います。それを抑える力がなければ、光秀殿と語り合った戦の無い世の中にはなりません」

「半兵衛殿……」

半兵衛も口には出さないが、すべてわかっていると光秀は感じた。秀吉の弱点も、悪いところも、官兵衛が策に溺れるところがあることも、そして信長の常人には理解されないバランス感覚も、それらすべてを悟っているようだ。しかし、それらの弱点や欠点に目を瞑っても、戦の無い世の中にするために、半兵衛は命を捨てて日ノ本の国に尽くそうとしているのである。以前、戦の無い世の中という言葉で、半兵衛と幾晩も語り明かした。そのときの思い出が光秀の中で走馬灯のように浮かび、目からは涙が溢れた。いつも静かに微笑みを湛えている半兵衛が困惑するほどの顔になっていた。

「光秀殿、日ノ本の天下統一はそんなに遠い話ではありますまい。問題は以前もお話しした伴天連です。そのときに天下人がどうするか、日ノ本の国を守れるか。帝はどうあるか。そこが大きな問題なのです」

光秀は何も言わず頷いた。もしかしたら今生の別れかもしれない。遺言とも取れる半兵衛の言葉は、光秀の心の奥に深く刺さった。

天正七年(一五七九年)二月。信長の許しを得て丹波攻略を行うことになった。すでに丹羽長秀の提案した追入神社裏山の金山城ができ、黒井城と八上城の間は完全に分断された。

「光忠、戦況はいかがか」

光秀自身はさまざまなところに転戦していたが、光忠の軍は八上城を、斎藤利三の軍は黒井城を囲んだままになっている。珠が輿入れしたときに光秀が戻って以来であるから、すでに一年近くになろうか。

「いや、全く動きはありません」

「左馬之助、いかがか」

「鶴の報告によれば、八上城の中は兵糧が窮乏しており、中では餓死者が出はじめていると」

「なるほど、他もそうであろうな」

光秀は頷いた。八上城・黒井城・八木城・宇津城と、頑強に抵抗する城はすべて囲んだまま放置してあり、なおかつ金山城を築城したことによって、これらの城の間の往来が全くできない状態になっている。

「左馬之助、鶴とともに中を切り崩せ」

「裏切らせろということですね」

「ああ、そうしてくれ。庄兵衛と伝五郎は我に続け。我らは先に支城の氷上城を攻める」

光秀はそのように言うと、八上城から氷上城に向かった。氷上城は八上城主波多野秀治の一族である波多野宗長の守城である。またここは、包囲が薄かったせいもあり兵糧などは豊富に残っていた。

「光秀殿に申し上げます」

丹波衆の小畠永明は、光秀の前に進み出た。

「どうした」

「我ら丹波衆、今までの丹波での戦いにあまり戦働きをさせていただいておりません」

「いや、小畠殿や川勝殿、並河殿の丹波衆が付いておられるからこそ、皆が安心して戦うことができるのです」

「しかし、我ら丹波衆、自分たちの国内のことでありながら戦場に出していただけず、亀山城の普請ばかりでは、少し……」

光秀には考えがあった。丹波は丹波の者が治めるべきである。そして、治める者はなるべく人を殺めたりしない綺麗な人間でなければならない。ましてや、同じ丹波の国の中の内紛を彼らに演じさせては民が納得しないのではないか。

その考え方から、波多野や赤井を倒すのは明智の役目、そして民を治めるのは丹波衆の役目というように考えていた。しかし、丹波衆は自分も戦いの前線に出て平定をしたという実績が欲しいと言う。

「わかり申した。では、氷上城では丹波衆の方々に先鋒を申し付ける」

丹波衆の方々といっても、小畠永明、波々伯部員次、並河易家らである。川勝継氏は、荒木氏綱の守る細工所城を包囲していたし、四王天正孝、宇野秀清は内藤有勝の守る八木城を包囲していた。

「かかれ」

氷上城は丹波国衆であれば何度か訪れたことがあり、その城の堅牢さは誰もが知っていた。

「先鋒は誰だ」

「小畠永明、並河易家とお見受けいたします」

守将波多野宗長は意外そうな顔をした。丹波の国衆が自分たちのところに攻めてくるというのは、あまりにも不自然である。つまり、早くに寝返った丹波の国衆が功を焦り前に出てきたということなのである。

「先鋒小畠永明、並河易家は丹波の面汚し、裏切者ぞ。真っ先に血祭りに上げよ」

明智が攻めてきたときよりも、士気は見た目で上がっていた。やはり丹波の国衆同士は、お互いの力もよくわかっている。自分より弱い者が先鋒に来ていれば、余裕を持って戦うことができる。そのうえ、裏切者を叩くとなれば士気も上がるのは当然だ。自然と氷上城の主力は小畠軍と並河軍に集中した。岩が転がり落ちるように山を下ってくる波多野軍の勢いは、すぐに先鋒の丹波衆を飲み込み、乱戦の様相となった。

「まずい、庄兵衛、伝五郎、前へ。丹波衆を助けよ」

光秀はその流れを見て、すぐに溝尾庄兵衛と藤田伝五郎の兵を前に出した。

「小畠永明殿討ち死に」

注進の者が光秀の前に片膝を付いて短く言うと、帷幕（いばく）の外へ走っていった。光秀はその後ろ姿を見ながら唇を噛んだ。小畠永明は、天正三年（一五七五年）に黒井城を攻めたときからの丹波での味方である。織田や明智に将来を感じ、信頼を寄せてくれた国人領主である。大事な将を失った。

「貞連はおるか」

貞連はすぐに光秀の前に来た。

「ここに控えております」

「山を横から廻り氷上城の本丸を突け。兵はどれほど要るか」

「百もあれば十分。その代わり身軽な者を選ばせてもらいます」

「わかった。すぐ行け」

進士貞連の横槍によって、氷上城の本丸は火に包まれた。貞連が本丸に火を放ったのである。波多野宗長の軍は、山城の上に火、下からは明智の軍に挟まれ、次々と討ち死にしていった。

「もはや、これまで」

波多野宗長は本丸に戻ることもできず、二の丸で親子ともども自害して果てた。

「氷上城落城、波多野宗長殿自害」

波多野秀治の守る八上城に、鶴が氷上城落城の詳細な内容を書いた矢文を入れた。

「宗長殿が……」

「もはや、これまでか」

秀治の弟、波多野秀尚はすでに弱気になっていた。

「秀尚、戦もろくにせず、何故弱気になっておるのか」

城主秀治は、しばらく物を食べていないためか、こけた頬でそのように言った。すでに何か月も何も食べていない。城内の兵たちの中には、死んだ馬や死人の肉を食らった者もいるという。そのようなことをすれば、城内に餓死した者の亡者が現れると噂され、日に日に士気が落ちていった。

「これだけ何も食べていないと、戦をする気力も出ますまい」

「では、この場で腹でも切って信長に首を献上するか。それならば、この秀治の首を落として明智の馬の轡(くつわ)でも取ればよかろう。さすれば、その方の命は助かろうほどにな」

波多野秀治の声には怒気が含まれていた。しかし、その力にはやはり、何も食べていないためか強さはない。

「兄者たち、おやめなされ。兵の士気にかかわりますぞ」

末弟の秀香が諫めた。この三人の中では最もまともであったかもしれない。

「ああ、そうだな」

「城から打って出る覚悟もなく、また兵糧を運ぶ道もない。何かしなければならぬ。誰か黒井城に繋ぎに行ける者はいないのか」

秀香は立ち上がって本丸を見回すが、しかしそこには静まり返り、ただ眼だけがぎょろぎょろと動く亡霊のような兵士の姿しかなかった。

三　伴天連の狂気

丹羽長秀と秀吉の弟羽柴秀長の軍が丹波に来訪したのは、天正七年（一五七九年）の六月のことであった。信長の命で丹波平定を急ぐことと、別所の三木城・荒木の有岡城を長らく囲んでいる間に厭戦気分が蔓延してきたために、兵を動かすということが目的であった。

丹羽長秀と羽柴秀長の軍は、以前攻めたことのある園部へ行き、荒木氏綱の守る細工所城を攻めた。しかし、複数の支城からの援軍もあり、戦上手の丹羽長秀であっても手こずっているようであった。

「左馬之助、鶴」

左馬之助と鶴は、八上城を囲む光秀の本陣に来ていた。

「見るところ、八上城は朝になっても夕になっても飯炊きの煙が見えぬが」

「草の芽も木の根も皮も食べ尽くし、すでに食す物は何もないと思われます」

左馬之助は至極当然のことのように言った。八上城は独立した山を要害化した城だ。氷上城のように尾根伝いに本丸へ行く攻め方ができない代わりに、山を丸ごと囲んで物

資を止めるには容易だ。すでに一年半も囲んでいれば、さすがに兵糧も尽きていること
は明白である。
「しかし、それならばなぜ打って出ぬ」
光秀の疑問はそこであった。
「畏れながら、足軽を恐れてのことと思います」
鶴は少し進み出て、そのように言った。
「足軽を恐れるだと」
「はい、丹波の国人は足軽を支配しているのではなく、昔ながらの御恩と奉公の関係
にあります。波多野秀治の采配で明智を裏切るときも、さまざまな意見があったことと
思います。そのときに『采配を間違えた』と言えば、足軽一人ひとりが波多野家に反乱
を起こすものと思われます」
「なるほど、では裏切りそうなところに米を入れて、波多野秀治を差し出すように勧
めよ。さすれば氷上城のような戦になるまい」
左馬之助は深く頷くと、兵糧を持った百の部隊を組織した。光秀の読みは当たった。
米を持ち入れた翌日、八上城の水の手曲輪でまず湯気が上がった。そして翌日には三の

丸で、そして本丸のすぐ下の岡田丸ではとうとう火の手が上がったのだ。

「兄者、へ、兵が」

本丸に息を吹き返した足軽や侍大将が多く集まり、波多野三兄弟のいる御殿を囲んだ。

「なぜ、織田と戦わぬ」

「我らは今から明智の軍に従う、いい加減にしろ。秀治殿が指揮を間違えたから、我らは仲間を失ったのだ。これより我らは織田に付くことにする」

「な、なんと」

波多野秀治は横にある刀を持ち上げたが、何日も食べていないために、その重さでよろけて転んでしまった。秀尚、秀香も同様な状況にあって、息を吹き返した足軽たちに対抗できるような体力はない。

「波多野三兄弟を明智に差し出すぞ」

本丸で鬨の声が上がり、足軽たちが三兄弟に縄を打って八上城を占拠してしまった。そして、足軽たちの代表が波多野三兄弟を左馬之助に差し出したのである。今でいうクーデターだ。

「並河殿、一時、八上城の城代として、この足軽たちを治めてくだされ」

左馬之助はそのように言い置くと、三兄弟を亀山に近い神尾山城に入れた。

「秀治殿、見事な戦いぶりでござった」

膳を用意して三人に差し出した光秀は、城主の礼をもって接した。

「なぜ殺さぬ」

「拙者が信長様より命を受けましたのは、足利義昭殿に味方した内藤家と宇津家の討伐、そして勝手に但馬の竹田城を攻めた赤井直正の鎮圧です。波多野殿には本来何もございませせぬゆえ」

三人は、顔を見合わせた。神尾山城は警戒感も薄く警備の兵も少なかったので、逃げる気になれば逃げることができたかもしれない。しかし、三人とも体力がなく歩くこともできないうえ、このように光秀に言われてしまえば、逃げる気も失う。もしかしたら信長と戦ったのではなく、赤井直正に騙されたと申し開きができれば、丹波に戻ってこられるのではないか。いや、八上城があのような状態で足軽も皆明智に従ってしまっていては、逃げても行くところがないというのが本音のところなのである。

「明日、安土城へお送りします。あとは信長様と将来の丹波について、ゆっくりとお話しくだされ」

「相わかり申した」

少し希望が持てたのか、三兄弟は久しぶりにゆっくりと眠ることができた。

数日後、丹羽長秀が囲んでいる細工所城の荒木氏綱が降伏した。明智軍に出仕を求められた氏綱は病のため、弟氏清が明智の軍に加わることとなった。そして波多野三兄弟は安土に送られたのち、信長は三人に目通りもせず首を刎ねさせた。八上城の中では、波多野に近しい者と積極的に裏切った者の対立を招き、波多野に従った者たちの子女が多く犠牲になった。なお、光秀の叔母が波多野家の人質になったという話は、江戸時代に作られた俗説であるとされている。

「残るは、御館様から言われた内藤、宇津、赤井だな」

黒井城を囲んだ斎藤の軍はそのままに、残りの軍を内藤有勝の守る八木城に集中させた。荒木氏綱を攻めた丹羽長秀と羽柴秀長も、光秀の指揮に従った。城を囲んで毎日退屈するよりも、こちらで戦っている方が彼らにとっても良いのであろう。

「なんだ、あれは」

天正七年（一五七九年）六月、八木城の入り口、山麓に広がる武家屋敷には、三角のとんがり屋根の上に十字架が飾ってある。そこに多くの農民や商人が集まって、明智軍に抵抗するそぶりを見せていた。しかし、その中には戦の心得のあるような者はほとんどなく、農民と見られる人々は鍬や鎌を手に持っている。それだけでなく、老人、子供、女子の姿もあり、その先頭には南蛮風の黒い服を着た者が立っている。

丹波内藤氏は俵藤太（たわらのとうた）と言われた藤原秀郷の末裔であり、丹波国守護代の家柄である。しかし、大和松永家と姻戚関係があり、松永久秀の弟長頼が一時、この八木城と内藤家を差配していた。その子、内藤ジュリアと内藤如安（忠俊）がキリスト教に改宗して、八木城が丹波のキリスト教布教の中心的な存在になっていたのであった。そのため八木城の城下はキリシタンが多く住み、また丹波や京の都からもキリスト教の安息の地を求めてここに多く移り住んできていたのである。現在でも、八木城城下が他の丹波の城下町に比べて極端に寺の数が少ないのは、この時の南蛮寺の影響と言われている。

「デウスの神を殺しに来たのか」

「神を冒瀆する者はサタンに食われてしまえ」

武家屋敷曲輪にいるのは、言うまでもなくキリシタンたちである。その中には南蛮人も少なからず混じっていたし、南蛮渡来の武器も構えている者がいるのだ。

「伴天連か」

丹羽長秀がため息交じりに言った。安土城を造るに当たっても、伴天連が有形無形に言ってくるために、なかなか進まなかったことを思い出していた。信長は、ルイス・フロイスなどを使い、うまくコントロールしていたが、内藤如安が足利義昭とともに出て行ってから、ここには伴天連を統括する者がいない。安土城普請のときのように誰かが伴天連の代表者と会って、この戦から外れてもらうということを納得させることもできないのである。

「ルイス・フロイス殿が、伴天連を傷付けないように言ってきています」

藤田伝五郎が、書状を広げながらそのようなことを言った。さすがに信長はそこまでの指示はしなかったので、フロイス自身が要請してきたのである。

「あの南蛮寺を壊さずに八木城を落とせるか」

光秀の言葉に、誰もが黙ってしまった。城の入り口に南蛮寺がある、いや、藤原氏の守護である春日神社もあるのだが、その境内まで伴天連で溢れている。それを飛び越えて城だけを攻めるのは無理である。この八木城には本丸にも南蛮寺があると言われている。南蛮寺を壊さないとか、伴天連を傷付けないということは、戦をするなということに等しい。

「フロイス殿の申し入れを無視するわけにもいくまい。一度和議を申し入れよう。左馬之助、行ってくれるか」

光秀は半分あきらめの表情でそう言うしかなかった。安土城の普請で伴天連に手を焼いた丹羽長秀も、また秀吉を通してしかフロイスについて聞いたことのない羽柴秀長も、信長のお気に入りであるフロイスの申し入れでは仕方がないという表情をした。

左馬之助は三人の顔を見回し、仕方がないという表情を確認すると、黙って頷き、伴天連が集まる中に一人で出かけていった。

「和議を申し入れるのは、攻めることができないからであろう。堂々とこの城を攻めてみよ……と」

しばらくして戻った左馬之助は、和議交渉の不調を告げた。しかし、その顔には何か含みがあるものを感じた。丹羽長秀や羽柴秀長にはわからない、光秀と左馬之助の間の阿吽の呼吸というものである。

「ほかに何を見てきた」

「八木城の中には、この六月、稲の作付けを最も気にしなければならない時期に、城に籠らなければならないということを気にしている者が少なくありません」

「なるほど」

「しかし内藤有勝は、伴天連の力を使って強引に農民たちを城に寄せ、入り口に伴天連どもを置いて農民や足軽を二の丸に入れて戦わせようとしています。二の丸には、かなり不満が多くあるようです」

このようなことを鋭く見てくるために、左馬之助を使者に立てたのである。他の者であれば、このようなことには気が付かなかったであろう。

「わかった、なるべく田は荒らさぬようにしよう。その間、左馬之助と鶴は二の丸に入って仏門に帰依している者を説得するように」

「うちの者にも田畑の手当てをやらせましょう。何しろ羽柴は元は百姓ですから、そういうことは我らにお任せを」

羽柴秀長が声を上げた。

「丹羽の軍は、表面の伴天連の説得に当たりましょう。なるべく犠牲は少ない方がよい」

方針が決まると織田家中の者は行動が早い。明智の軍は田畑の手当てをし、また軍を川沿いに移動した。八木城に籠らされている農民の身になって考えれば、自分が丹精込めて作った土を、余所者の軍が踏み荒らし、農業ができなくなることを嫌っているはずである。軍を農地のない河原に移動し、田植えや田畑の手入れを光秀の軍が総出で行っていれば、城から遠目で見ている農民たちは織田軍に心の中で手を合わせているに違いない。彼らは明智の軍と戦う意志などは毛頭ないのである。

そして、そのように農民の感情が織田軍に好意的になってから左馬之助と鶴は城山の裏手、妙見宮稲荷神社から二の丸内藤和泉廓に向かった。

「和泉守殿、このまま伴天連に城を任せてよいのでしょうか」

八木城の水の手を鎮守する稲荷神社の神官の姿で二の丸に潜り込んだ左馬之助は、妙見の滝に水を取りに来た足軽を繋ぎに、二の丸の守将である内藤和泉守と話をした。内藤和泉守は、城主内藤有勝の一族ではあるが、傍流であるばかりか、内藤如安に逆らって仏門に入っている。

「確かに伴天連に支配されている気がする。しかし、ここで伴天連と戦えば、明智に攻められるであろう」

「もちろん、明智は八木城を攻める。和議を断った時点でそれは明らかであろう。しかし、全員を殺すわけではない。内藤の血統を残し家を守るには、内藤の家を一つに分けるべきではないのか」

「うむ」

内藤和泉は滝の前で腕を組んで考え込んだ。足軽たちは水を汲んでいて、こちらの会話には全く気を取られていない。また妙見の滝の音が二人の会話をかき消している。

「山を下りられよ」

「いや左馬之助殿、確かに伴天連に支配されてしまっては内藤家も何もない。家を残そう。二の丸に火を掛ける。それを合図に攻め寄せてもらえるか」

内藤和泉の表情を見て、左馬之助は間違いなく裏切ることを確信した。キリスト教徒ばかりの内藤家で仏門に入るというのは、よほどのことがあったに違いない。そもそも内藤家は三好政勝や松永長頼など、畿内の大名家に蹂躙されている。その外部から来た者が皆伴天連になって、元から八木城にいる者は仏門に入っているという状態は、偶然ではあるまい。我こそは内藤家の本流と思っている和泉守にとって、左馬之助の言葉はいちいち胸に刺さったのであった。

「火の手が上がったぞ」

「前へ」

三日後、二の丸内藤和泉廓で火の手が上がり、それを合図に丹羽長秀、羽柴秀長の軍が前に出た。

「デウスを守れ」

麓の武家屋敷曲輪に集まったキリスト教徒は、老若男女を問わず、皆手を繋いで丹羽長秀の軍の行く手を阻んだ。現在で言う「人の鎖」のようなものである。そうやって城を守っているつもりなのであろう。

「殺せ、神の無い世に生きることなどできない」

女性のヒステリックな声が響く。そして槍に突き伏せられて、一様に嬉しそうな顔をする伴天連たちに恐れを感じた丹羽軍は、そのまま下がってしまった。死ぬことを怖がるのではなく、殺されることを喜んでいるのである。死ぬことを怖がらない人々ほど怖いものはない。これは今も昔も同じで、自分たちの常識が通じない相手というのは、こちらが優勢であっても恐怖を感じる。手を繋いだまま、ゆっくりと前に出てくる伴天連に、丹羽軍は耐えられなかったのである。

「丹羽殿が引いた。我らが前に進むぞ」

丹羽の軍に代わり明智軍が前に進んだ。しかし、伴天連はまるで死に場所を求めてさまようように彼らの前に現れて、進んで槍の穂先に出てきては突き刺されていった。

「伴天連とはこんなに恐ろしいものか。人が生きながら亡霊になってしまった」

光秀は、戦のときには通常感じない恐怖を覚えながら、伴天連をすべて殺すように命じた。

この戦で明智家中にも丹羽家中にも、伴天連に対する不気味な違和感を恐れる風潮が出てきていた。

八木城の戦いは、火の手が上がってから数時間で決着がついた。城主内藤有勝は本丸で、二の丸から押し寄せる寝返った和泉守と戦っている間に討ち死にし、他の一門の者も黒井城や八田城に逃れようとして途中で絶命している。なお内藤和泉守が戦のあとどうなったかは、その後、伝わっていない。

四　平定の犠牲

八木城攻めの衝撃が、光秀の軍全体に広がるのに時間は掛からなかった。伴天連が笑いながら死んでゆく姿は、多くの兵のトラウマとなった。丹羽長秀も羽柴秀長も、そのトラウマを抱え、そして丹波にこれ以上は関わりたくないと軍を引き揚げてしまった。のちの話になるが、このとき羽柴秀長が伴天連に対して日本人の常識では測れない感覚を持ったことが、のちに秀吉の天下において天正十五年（一五八七年）、伴天連追放令を出すに至り、内藤如安や高山右近が国外に追放されることになる。秀長の伴天連に対する恐怖は、そのときまで消えることはなかったということになる。

光秀は、その八木城攻めが終わったときに竹中半兵衛が三木城の陣中で没したという報せを受けた。亀山城で光秀は人知れず涙を流した。伴天連の恐ろしさを最も早く教えてくれたのは半兵衛である。今、八木城を攻め、その本当の恐ろしさを感じたときに、相談できる相手がいない。

「丹羽殿、羽柴殿を除いた状態で隊列を整える。庄兵衛、その方が采配を振れ」

伴天連のトラウマを払拭するために、天正七年（一五七九年）七月、亀山城下で一度軍揃えを行った。そしてそのまま桂川を溯り、宇津城へ向かった。光秀とすれば、宇津城の宇津頼重を攻め、そして勝利をすることによって伴天連の幻影を払拭するつもりであった。しかし、宇津頼重は大軍を前に逃亡し、一戦も交えることなく、宇津城は落城してしまったのであった。

「あとは黒井城だけですな」

藤田伝五郎は、笑顔で言った。光秀は伝五郎の言葉には何も答えず、宇津城を廃城とし、宇津から琵琶湖堅田そして坂本に抜ける街道の真ん中に城を築くように命じた。

「新しい城ですか」

「ああ、名を周山城と名付けよ」

「周山、そのような名前を付けては御館様のお怒りに触れるのではないでしょうか」

溝尾庄兵衛は、その城の名前に疑問を呈した。

「周」とは古代中国で殷の暴君紂王を滅ぼした武王が建てた国名である。歴史上初めて「悪王の放伐」ということをやってのけたのが、周の武王であった。信長はこの周の武王が兵を練った岐山にちなんで居城を「岐阜城」と名付けたほどだ。

「悪王紂を討つ」

光秀は「伴天連を討つ」拠点として周山城を建て、坂本と亀山の連携を整備したつもりであった。少なくともこの城を建てたときは、「信長を倒す」ということは全く意識していない。紂王は、フロイスに代表される日ノ本を根底から覆してしまう伴天連がそれに当たると考えていたのである。これが、光秀の心の中にある竹中半兵衛の答えであったはずだった。

「黒井城を討つ」

光秀は丹波衆を周山城の築城に残すと、一万の軍を率いて黒井城に押し寄せた。黒井城はすでに一年以上斎藤利三が軍を率いて囲んでおり、また城下には土田弥平次と雪が蕎麦屋を営んでいた。

「黒井城はどうか」

「はい、長々囲んでおりますが、水や兵糧が尽きる気配がございません」

斎藤利三は不思議そうに言った。

「そのまま囲んでおいてくれ。左馬之助は弥平次と繋ぎを取り、水の手と兵糧を入れている場所を調べて参れ。その間に我らは黒井城周辺の城を落とす」

光秀はそのまま一万の軍を光忠、藤田伝五郎、溝尾庄兵衛、そして光秀本隊に分け、黒井城周辺の支城である朝日城、鹿集城、留堀城などを次々と落とした。

「水の手を探せ」

光秀は兵糧が尽きるのを待つことは無理と考え、水を切ることを命じた。

「殿様、申し上げます」

蕎麦屋の雪である。光秀が水の手を探すように命じて数日後、蕎麦屋を一日休んで光秀の本陣に出向いてきた。戦が本格化したので、城から兵が食べに来ることもなく、一日くらい蕎麦屋を閉めても誰も怪しむ者はいなかった。

「雪、なんだ」

「この者が水の手を知っているようですが、その在りかをまだ聞きだせずにおります」

土田弥平次が連れてきたのは縄を打った老婆であった。蕎麦屋に黒井城の兵がいないときに、杖林山誓願寺に来た怪しげな挙動の老婆を捕らえて黒井城の水の手を詰問していたのである。

「皆、手荒なことはするでないぞ。婆様や、水はどこから取っておるのかな」

「ふん、そんなもん」

光秀は強情を張る老婆を見て、弥平次に目で合図をした。弥平次は、その老婆の孫と思われる幼子を連れてきた。

「わ、わかった、話す。城の裏手の白毫寺が水と兵糧を運んでおるのじゃ。孫を、孫を助けてくれ」

弥平次は、何も言わず刀を出すと、そのまま婆の縄を切り、二人を解放した。光秀にしてみれば、この老婆は敵ではないし、またこの老婆が明智軍に水の手を知らせてしまったということが黒井城の人々にわかっても、すでにその水の手をふさいでしまっているので、戦の結果には関係がないということになる。老婆を解放したのはそのような理由であった。なお黒井城落城ののち、この婆は孫を無事に自分の子が住む家に届けたあと、水の手を教えてしまったことを悔やみ、近くの木で首をくって自害してしまったと丹波の伝説に残っている。

「白毫寺だけではなく、黒井城に味方する寺はすべて焼き払え」

「殿、それでは御館様の比叡山と変わらなくなってしまいます」

溝尾庄兵衛は、そのように諫めたが、光秀は静かに首を振った。

「庄兵衛、八木城の伴天連を見ただろう。仏門とて同じ。黒井城に味方する者は仏門でも伴天連でもすべて敵である」

貞連ですら光秀の顔を思わず覗き込むほど、厳しい声であった。空気を察したのか、光秀の声で八月の蝉が一斉に鳴き音を立てるのを止め、山が静まり返った。

翌日から、黒井城周辺の寺は蕎麦屋の近くの誓願寺を除きすべて火を放たれ、抵抗する僧侶も殺害されていった。白毫寺は水が豊富で、そこから千丈寺砦を通して城全体に水が行き渡っていた。安穏寺、千丈寺なども、すべて水や兵糧の持ち込み口になっていたのだ。これでは、八上城のように黒井城の兵糧や水が無くなることはない。今さらながら寺をうまく使った赤井直正の城の縄張りに驚かざるを得ない。

「明日、総攻撃をする。水を切られ、そろそろ新しい悪右衛門を名乗っている赤井忠家も打って出ざるを得まい。その前に機先を制する」

八月八日、黒井城下の本陣での評定で光秀は宣言した。

「明日ですか。拙速では」

黒井城を最もよく知る斎藤利三が光秀を諌めた。しかし、八木城での伴天連を見てから、光秀は何かに取り憑かれたようになってしまった。光秀の近くにいる進士貞連は目で斎藤利三に合図し、諌めるのをやめさせた。そうでなければ、この場で斎藤利三を斬り捨てかねない雰囲気だ。五月に氷上城を落としてから、波多野、内藤、宇津をたった三か月の間に滅ぼしている。人の死を多く見てきた光秀も、さすがに精神的に怪しくなってきていたのである。

「ここは、我らが先陣を切りましょう」

四王天正孝が声を上げた。

「丹波衆同士の戦いは望まないのだが」

八上城で小畠永明を失った明智光忠が四王天を止めた。しかし、四王天はそれで引き下がるような男ではなかった。

「小畠殿のことは残念である。しかしここ氷上郡は我らの里、黒井城も赤松家、荻野家の城で今の赤井はそれを奪っただけである。謀叛者は赤井の方であるからご安心召され」

「そこまで言うならば、お任せしよう」

光忠がさらに制しようとしたが、しかし、その前に光秀が四王天の先陣を決めた。

「左馬之助、鶴や弥平次と協力し、さまざまな曲輪で法螺貝を鳴らし火を掛けよ。その間に、四王天正孝と光忠の軍が千丈寺砦を抑えよ。火を掛ければ、赤井忠家、幸家といえども前に出てくる以外にあるまい。我らは山を下りた赤井軍を叩く」

「承知」

光秀の決断で評定は終わった。先鋒といえども別動隊で砦攻略を行わせるのは、さすが光秀の采配である。なるべく丹波の国人同士は戦わせないという原則を守り、彼らに先鋒の功績を渡すような布陣にしたのである。光忠や庄兵衛は、その采配に感服するばかりであった。

翌九日早朝、四王天正孝は白毫寺の焼跡から山を登った。その間、左馬之助や弥平次は少数の兵を率い、方々に火を掛けたり、法螺貝を吹いて混乱を装い、攻めると見せかけて退いたり、勢いに乗って追う黒井城兵を誘い込み挟撃したりと、赤井の兵を引き回した。わずかな手勢しかいない砦を、四王天正孝と明智光忠は難なく落としてしまったのである。

「これまでか」

直正の死後、黒井城を守ってきた赤井忠家は、わずかになった手勢をまとめると、そのまま山を駆け下りた。

「来たぞ」

光秀は軍を率い、猪口門付近、誓願寺付近で赤井忠家を迎え撃った。

「なぜ、このようなところまで明智が」

赤井忠家は、瞬間にすべてを悟った。赤井直正は生前、城下の九つの寺を整備し、寺町と名付けていた。寺町は寺と墓をうまく組み合わせ、一つひとつが砦のように機能していたはずであった。そのように砦として使える場所に明智軍が来ているということは、軍をここまで手引きしてきた者がいるということなのである。

「あの蕎麦屋が明智の忍びであったのか」

そう言えば、赤井忠家の兄直正も、急に苦しんで死ぬ直前にあの蕎麦屋に行っていた。あの蕎麦屋が裏切者なのである。いや、裏切ったのではなく初めから明智の回し者ではなかったか。そんなところに黒井城の兵は通っていたのか。戦なのに逃げない蕎麦屋など、おかしいことばかりなのである。赤井忠家は、数十人の手勢を率い、そのまま蕎麦屋に向かった。

「雪はおるか」

蕎麦屋には土田弥平次が指揮する数十名の兵がいた。取り残されたわけではなく、明智の軍を案内してきたところであったのだ。

「赤井殿、気付くのが遅すぎましたな」

「直正を殺ったのも、お前らか」

「傷口に毒をたっぷりと塗り込んだら、翌日には首にできものができて亡くなったとか」

赤井忠家の軍は、皆揃いの赤い甲冑を着けている。その甲冑よりも顔を怒りで赤く染めた忠家は、手に持っていた槍を土田弥平次に向けて投げた。

「弥平次様、危ない」

まさか槍を投げるとは思ってもみなかった弥平次は、一瞬逃げるのが遅れた。その弥平次の前に飛び出して来たのは雪であった。弥平次に抱き付くようにした背に、忠家の投げた槍が深々と刺さった。

「雪、しっかりしろ」

弥平次は、近くの足軽に雪を託すと、蕎麦屋に火を掛けた。すでに油や火薬が仕込まれていた蕎麦屋の建物は見る間に火が回り、赤井忠家の足を止めた。

「悪右衛門、覚悟」

燃えている蕎麦屋の角を曲がると、誓願寺の前に、光秀の本隊が待ち構えていた。赤井のほかの兵もほとんど倒されている。

「もはや、これまで」

すでに槍も投げてしまった赤井忠家は、太刀を抜いたが、しかし、それをそのまま首に突き立てて自害して果てた。

「雪、死ぬでないぞ」

光秀は、もう虫の息になってしまった雪を抱きしめた。雪は何か言葉にしようと口を開くが、その口から血の塊が噴き出し、言葉にならない。右手が光秀の方へ伸びたが、途中で力尽き、そのままぐったりと動かなくなってしまった。

「雪、すまぬ」

「この弥平次が付いていながら……」

光秀と弥平次は、いつまでも雪の傍を動かなかった。女であり、ほかに幸せの道はたくさんあるはずなのに、このような武家、それも忍びの流れをくむ家に生まれたばかりに、幸せを掴むことなく命を散らしてしまった。光秀は言葉もなく、雪の亡骸（なきがら）を坂本へ送った。のちのことになるが、光秀に黒井城を任された斎藤利三は、雪の亡くなった「誓願寺」のままでは雪を思い出してしまうことから、「興禅寺」と名称を変えた。その興禅寺で産湯に浸った斎藤利三の娘が、のちに徳川家康に見出され、春日局となるのである。雪といい、春日局となったお福といい、この地には、そのように女性を変える力があったのかもしれない。

いずれにせよ、雪の尊い犠牲もあり、丹波の国はこうして平定された。

「丹波平定、ご苦労であった」

平定をすぐにでも報告に行きたかった光秀であったが、天正七年（一五七九年）九月に、徳川家康のところで正室の築山殿と嫡男信康が謀叛を企てるという事件があったため、報告は十月になってしまった。その間、残党の掃討戦を行い、完全に丹波を治めたのであった。

「有り難き幸せ」

「織田家中で功績随一は、この金柑頭であろう。他の者も見習うように。丹波での金柑頭は天下の面目を施した」

光秀はただただ平伏した。瞼の裏には亡くなった煕子、嫁いでいった珠や離縁されて戻ってきた倫子、そして雪、さらには、あの伴天連の笑いながら死んでいった姿が浮かんでは消えていった。信長の賛辞は、その苦労に十分に報いるものではあったが、しかし、その心の傷をすべて消し去るものではなかったのである。

神来の章

一　違和感の正体

「違う、断じて違う」

坂本から戻った光秀は、独り自室に籠ると激しく憎悪の恨み言を吐いた。光秀の自室の床の間には、この年の正月の茶会で友人や譜代の将に披露した信長の書が掛けられ、その下には熙子の形見の花入に桔梗が一輪、水色の可憐な花をつけていた。光秀の怨言は、その信長の掛軸に当たり、空しく桔梗の花に降り注いでいた。

「いったい何が気に食わぬのだ」

昨年の天正九年（一五八一年）は光秀の一生の中で、最も輝いた年であった。信長からこのうえない賛辞を得て大いに面目を保ったうえに、改めて丹波一国の仕置きを任され、今までの苦労が報われた喜びを感じた。斎藤利三は最も苦労した黒井城を、光忠は八上城、叔父の光久には伴天連で苦労した八木城を、そして左馬之助には横山城から改名した福知山城を任せた。美濃明智城のころからの譜代である藤田伝五郎は坂本、溝尾庄兵衛には亀山の城代を任せて家の内も固めたのである。

また、相次ぐ戦乱で荒廃してしまった丹波を治めることを優先したために、戦働きこそなかったものの、光秀は二月に行われた京都の御所前での馬揃えの奉行という大役を任せられた。光秀自身の采配で丹羽長秀や柴田勝家など信長の宿老ばかりか、近衛前久ら馬術に長けている公家も一緒に馬揃えに参加し、内裏の東側の陣中と呼ばれる場所で織田家家中の威勢を天下に示した。内裏には正親町天皇もお出ましになり、奉行を行った「惟任日向守光秀」の名前は天下に轟いたのである。光秀にしてみれば、やっと、明智城で死んだ叔父明智光安をはじめとする一族郎党や先祖の望みをかなえた瞬間であった。

しかし、好事魔多し。八月の盆過ぎになって大きな悲報がもたらされた。安土に上がっていた杏が急ぎで光秀に、妻熙子の妹で信長の愛妾である芳子の死を伝えてきたのだ。芳子は、信長の傍に仕えて陰になり日向になり、光秀の動きを信長に報告し、また信長の意向を坂本城にもたらしてくれていた。芳子の情報のおかげで、光秀は判断を誤ることは少なかったし、また信長の真意が先にわかるので、感情的になって心を乱すことも少なかった。そのことは、光秀が信長の下に来たときに光秀の上にいた佐久間信盛や、同じ美濃衆の安藤守就が信長の不興を買って追放される中で、光秀が家中の中で重きをなしていくための大きな力となっていたのだ。その意味で妻の熙子とその妹の芳子、そしてその繋ぎをしていた杏の役割は非常に大きかったのである。一方信長にとっても、周辺が光秀の親族ばかりになって、安心して畿内を歩けるようになったのである。これは信長にとって良かったというよりは、そのように安全になることが京の都の人々に大きな影響を与え、信長による統治をやりやすくしていたのである。ある意味では、芳子は信長や光秀というような小さな関係ではなく、日本全体の平和に寄与していたとも言える。奈良興福寺の僧の英俊が記した『多聞院日記』には「去七日・八日ノ比歟、惟任ノ妹ノ御ツマキ死了、信長一段ノキヨシ也、向州無比類力落也」と、信長自身が悲しみに暮れ、力を落としたことが記されている。

「芳子様が身罷(みまか)われてお片付けをしていましたところ、御館様より、私が代わりに出仕するようにと言われました。坂本に戻るつもりでしたが、もう少しお暇を戴きます」

芳子が生きている間、信長の許にいる芳子と坂本城の間の繋ぎをしてきた杏が、天正九年の年末、そのように言ってきた。のちのことになるが「妻木殿」と言われた芳子は養観院と名付けられ、その女中であった杏は、信長の奥に入り養勝院と言われるようになる。後世、信長や於次秀勝の墓を高野山に建立し、出家して菩提を弔うことでその生涯を閉じたのである。

「杏、その方まで私の許を離れるのか」

杏は、何も言わず涙を溜めた目で光秀を見たのちに、そのまま坂本を去っていった。

同じころ、熙子と芳子の父妻木範熙もこの世を去って身内が次々といなくなり、人のことを気遣う余裕のなくなった光秀には、杏の涙の意味がわからなかった。

「殿、いかがなされましたか」

自室からずっと出てこない光秀を心配し、城代の藤田伝五郎が、もう元服した嫡男の光慶を連れて入ってきた。天正十年（一五八二年）五月、坂本城の御殿には桔梗の花が咲いている。しかし、熙子もなく、娘はすべて嫁いでしまった明智の家には、桔梗の似合う女性はいない。

「徳川殿の饗応役を降りろと」

「何故でございましょう」

進士貞連は、藤田伝五郎と顔を見合わせると、眉間に皺を寄せた。

「まだ安土には徳川殿の屋敷がないため屋敷を造り、そして琵琶湖の幸を取り入れた膳を作ったが、御館様には気に食わなかったらしい」

「らしい……とは、いったい」

藤田伝五郎は、光秀の下にいて近江坂本の治政を行っていたために、あまり信長のことを知らない。

「御館様は何も言わず、このようなことは頼んでいない、お前はその程度かと」

信長を知っている進士貞連は、その言葉に強い疑問を抱いた。

「では鶴に、その辺を調べさせてはいかがでしょうか」

貞連はそのように提案し、伝五郎も強くそれに同意した。

今までは杏がそのような役目をしてくれていた。しかし、杏が安土城の奥に入り、信長の寵愛を受けてしまっている以上、杏は安土を気軽に出ることができない。また、杏のように安土と坂本を簡単に往復できるくノ一も少ない。そのために、安土城の中で信長が何を考えているかということを伝えてくれる者もなく、それを知る術が無くなったのである。杏の代わりに、誰かを杏のところに行かせるしか方法がないのであるが、その候補である雪は黒井城の戦いで失ってしまっている。しかし、それを急がなければ光秀の立場は悪くなっていってしまうのである。

「弥平次にも行ってもらおう。彼は御館様の生母である土田御前の血縁だからな」

光秀はすぐに二人の案に乗った。信長の城とはいえ安土城である。簡単に入れるものでもなければ、場内で誰かに見つからないとも限らない。そのときに土田弥平次ならば、信長の血縁ということでごまかすこともできる。

「信長様には、どうやらルイス・フロイスの野郎がいろいろと吹き込んでいるようで」

土田弥平次は光秀の自室には入らず、庭師のように縁側に腰を掛けたまま、武士は普段使わない汚い言葉で言った。

「どういうことだ」

「フロイスの野郎は、事あるごとに殿のことを悪く吹き込んでいるようで、杏様がかなり心配しておられました」

「うむ」

「今回のことも、徳川殿の御殿に伴天連の十文字の文様が入っていないとか、饗応の膳に南蛮の金平糖が入っていないとか、そのようなことが気になっているようでございます」

信長の下にいてキリスト教の布教を行っていたルイス・フロイスは、内藤有勝の籠っていた八木城で、申し入れを無視して数多くのキリスト教徒を殺した光秀のことを快く思っていなかった。フロイスの記した『日本史』の中には「彼は裏切りや密会を好み、刑を科するに残酷で、独裁的でもあったが、己れを偽装するのに抜け目がなく、戦争においては謀略を得意とし、忍耐力に富み、計略と策謀の達人であった」と光秀に関する記述をしているほどである。もちろん、そのことが事実であるか否かは別にして、フロイスの主観の言葉であることは間違いがない。

「甲斐国でもそうであった」

光秀は、心の奥に封印していた嫌なことを思い出し、それが溢れるのを止めることができず、光秀自身の意思に反して口が動いたように呟いた。

「甲斐征伐で何かあったのでしょうか」

土田弥平次、鶴と一緒に藤田伝五郎も来ている。常に光秀の傍にいる進士貞連や弥平次、鶴は余計なことは言わないので、主に話は伝五郎が聞き役である。

「ああ、武田晴信殿の菩提寺である恵林寺に武田の残党が逃げ込んだのだ」

光秀は、一つひとつ胸の中から吐き出すように小声で語っていた。弥平次も鶴もあまりよく聞こえないのか、身を乗り出して聞いている。

「もう主を失って降伏している相手であるから捨て置きましょうと申し上げたが、御館様は許さず、フロイス殿の言を入れて、信忠様の軍を止めることなく恵林寺を焼き討ちにしたのだ」

「しかし、丹波では我らも寺を焼いております」

鶴は合の手を入れるように言を挟んだ。実際に黒井城を攻めるときには数多くの寺を焼いているし、光秀がそれを指示している。

「いや、戦の最中に敵に味方して抵抗するのであれば、それは仕方がないというものだ。しかし、恵林寺の場合はすでに戦も終わっている。それにもかかわらず火を掛けたのだ。そして、燃え盛る火の中に人が逃げ惑うのを見て、フロイスは喜んでいたのだ」

「人が死ぬ様を見て喜んでいたのですか」

鶴が、意外そうに言った。人間ではない、まさに鬼の所業ではないか。

「伴天連は人の命が失われることを喜ぶのかもしれぬ。少なくとも彼らの好む人以外の人の命を人と思っていないような所業だ」

「八木城のときは、戦と関係のない女子供も競って槍の穂先の前に出て、殺されることを喜んでいたではないか。なんでも神の許に行けるとか言って進んで殺されに来ていた。あの時の目は忘れられん」

「まさに伴天連は人の心を壊す呪術のようなものを扱っているやもしれません」

貞連や伝五郎は口々に伴天連に対する不快な思いを吐き出した。

「フロイス殿にしてみれば、異教徒の寺が焼けるのだ。人の心を壊したかどうかはわからぬが、少なくともこれで甲斐や信濃も布教ができると喜んでおるのだろう。しかし、人間というのはそういうものではあるまい。伴天連は今にきっと神仏の報いがくるであろう」

光秀は、自分で放った言葉に、自分自身が何か気付いてしまった。まさに言霊という不思議な他の神の力が光秀の中から出ながら、改めて光秀の心を強く動かしたのである。光秀の目に、何か怪しいものが光った。土田弥平次はその瞳の奥の光を見逃さなかったが、ほかの三人は気が付かなかった。三人が戻ったあとで弥平次だけがなかなか縁側を去らなかった。光秀も特に何も気にする様子はなく、その場で深く考え込んでいた。

「殿、何かお考えで」

「いや、弥平次、気にするな」

「ならば、よいのですが」

弥平次はただひと言それを言うと、もう一度光秀の顔を覗き込んだ。気にするなと言われるが、しかし、そのように簡単なものではない。何か奥に不吉な光を瞳に湛えている。しかし、そのことを口に出してはいけないと、弥平次は判断した。弥平次は、それ以上何も言わずそのまま庭から出ていった。

安土城から使者が来て、光秀の坂本城を召し上げ、但馬・因幡・伯耆へ国替えし、羽柴秀吉の与力となることを命じられたのは、その翌日のことであった。もちろん、信長も本気で国を取ろうとしていないことはわかった。二年前、重臣の佐久間信盛が追放されたときは、本当にすべてを召し上げたのに比べ、今回は坂本や丹波から軍を率いて山陰の国々を討伐することを命じている。しかし、戯れであっても、そのようなことを言われれば良い気分はしない。現在のいじめと同じで、いじめる側、言ってしまう側はあまり意識しないで戯れで言ってしまったことを、いじめられっ子がいつまでも根に持って、恨みを抱くのと似ている。

「殿、このような理不尽な沙汰に従うのですか」

側近中の側近であり、光秀の義弟である進士貞連は、すぐに光秀に抗いの意思を示した。昨日までの落ち着き方とは全く異なる動きだ。

「御館様も、弥平次や鶴が安土城の中で動いたのを知ったのであろう。まあ、仕方があるまい」

「しかし、坂本も、丹波亀山も殿が手塩にかけて……」

「何も言うな。すぐに丹波に使いを出し、陣触れをせよ。すべての兵を亀山城に集めるように」

横で聞いていた土田弥平次は、すでに前日から悟りを開いたように何も言わず、鶴とともに丹波へ向かった。

「伝五郎、光慶を連れてゆく。この度の但馬、因幡、伯耆において嫡男光慶の初陣とする」

光秀は努めて明るく言った。本来であれば悔しいはずなのに明るく振る舞う光秀の表情を見て、叔父の妻木広忠も何かを感じたのか、声を上げようとしたが、それを飲み込んだ。何か光秀には逆らってはいけない雰囲気が、漂っていたのである。普段の出陣とは全く異なる空気が坂本城を覆った。

妻熙子がいないため火打石を打って送り出す者もなく、また出陣にもかかわらず、五月には気の早い夕立雲が坂本城から琵琶湖にかけて黒く漂っていた。

二　黒鬼の手招き

「惟任日向守様ではありませぬか」

すぐに丹波に行く気にはなれなかった光秀は、京の街を歩いていた。京屋敷に馬も置き、ほかの者はほとんど先に亀山城に向かわせた。進士貞連と土田弥平次だけが光秀に付き従った。そんなとき、五条通で後ろから呼び止められたのである。貞連と弥平次はすぐに刀の柄に手を掛けた。

「失礼、どなたでございましたでしょうか」

声をかけた男と光秀の間に、土田弥平次が自然と体を入れる。完全に敵に対峙する形である。しかし、その後ろで、光秀は優しく声を掛けた。弥平次の肩越しに見るその男は、光秀よりも十歳ほどは若いのか、肌の艶は悪くない。しかし、長年苦労したのか白髪が混じり、顔には疲れと深い皺が刻まれていた。

「徳川三河守の家臣、本多正信と申します」

その男は、土田や貞連の今にも斬り掛からんばかりの威圧を全く気にする風でもなく、笑顔のまま一歩進み出た。

「徳川様のところの本多殿と言えば、忠勝殿や重次殿は存じ上げておりますが。申し訳ない、正信殿は初めてでございましょうか」

光秀の対応に怪しいと思ったのか、土田は手に掛けた刀の柄をぎゅっと握った。腕の肉に緊張が走るのがすぐにわかる。四人の周りには、何事もなかったように都の住人たちが日常の喧騒を味わっている。今、こんなに平和な都で刃傷沙汰は避けたい。

「はい、日向守様は覚えておられないかもしれませんが、私にとっては憧れの名将にございますれば、是非このようにお話をさせて戴きたかったので、見間違うはずがございません」

光秀は、少々人を小ばかにしたようなその男が妙に気になった。言葉や話し方の軽さとは別に、何か重たい過去を感じさせる響きがある。自分を慕っているという言葉が嘘であっても危害を加えることはなさそうだし、少し話を聞いてみるのもよいかもしれない。

「その辺の飯屋で夕食でも食いませせぬか」

光秀は、わざと自分の京屋敷ではなく外の店屋を選んだ。この光秀の言葉で、貞連と弥平次は引き下がり、そして本多正信という人物は、頭を下げた。

「いやいや、安土城で光秀様にお会いできなかったのが残念でございました」

八寸が運ばれてきて、すぐに正信という男が言ったのがその言葉であった。同席していた貞連は眉根に皺を作って不快な表情をした。徳川家の者であるから深いことは知らなくてよいが、しかし、何らかの事情があることは察して当然ではないか。しかし、その貞連がふと横を見ると、光秀は全く不快な表情をしていない。このようなとき、弥平次は店の中に入らず、店の外で周辺を警戒するのが常であった。そのため貞連は一人で部屋の隅で料理と手酌酒に不満をぶつけるしかない。どうもこの本多正信という男のわざとらしい物言いが気に食わなかった。

「それは失礼した。私もお会いしたかったです」

光秀にとっては、そのような無礼はどうでもよかった。何か訳があり苦労をしているであろう、この正信という男が非常に気になったのである。

「何がおありになったのでしょうか」

「まあよいではありませんか。それよりも正信殿」

光秀はそう言うと、傍らの徳利を差し出した。正信は近くのお猪口を出し、有難く酌を受ける。

「大変失礼であるが、正信殿はいつごろ徳川家に来られたのであろうか。徳川殿とはいささかお付き合いがあるが、正信殿の記憶がないのでございます」

「それは日向守様に気を使わせてしまい、誠に失礼いたしました。実は拙者、三河一向一揆でしばらく出奔しており、諸国を放浪しておりました。やっと許されて最近徳川家に戻りましてございます」

ああ、なるほど――光秀は、この本多正信という男に自分が魅かれる理由が何となくわかったような気がする。何か自分と同じ「臭い」が出ているのは、諸国の放浪があったからなのだ。

「そうですか。私もしばらく放浪をしており、信長様の敵方であった越前の朝倉家に身を寄せていた時分もございます」

「実は拙者も、一乗谷の下城戸の近くに住んでおりました。一向宗でございますので、加賀や石山を戦で転々としておりまして。光秀様の水色に桔梗の幟は、非常に恐ろしゅうございました」

「では、完全に敵方ではございませぬか」

光秀は苦笑した。戦国の世の習いとして昨日の敵は今日の友とはよくある話であるが、まさか、本当に戦場で干戈（かんか）を交えた人間が目の前にいて、酒を酌み交わしているというのは何かおかしなものである。

「それにしても、金ヶ崎の退き口では光秀様が最も素晴らしゅうございました」

「金ヶ崎か、あれは大変でありましたな」

二人の言う金ヶ崎とは、元亀元年（一五七〇年）織田信長が越前の朝倉義景を攻めたとき、信長の妹、お市の方の嫁ぎ先である浅井長政が裏切り、若狭金ヶ崎城のところで前後からの挟撃を受けたときのことである。徳川家康、羽柴秀吉が殿（しんがり）を務めたのであるが明智光秀もその軍に従い、被害を最小に岐阜城へ引き揚げた。その半年後に姉川の合戦で浅井・朝倉の連合軍を打ち破り、その後、浅井・朝倉軍に与（くみ）した比叡山の焼き討ちに繋がるのである。

「あのとき、さすがに旧主家康様を攻めるわけには参りませんで、水色に桔梗の幟を目指しましたが、あまりにも強く、また、日向守様が陣を引いたあとには何も残っていない。羽柴殿などは兵糧も武器も置きっ放しで算を乱して逃げましたが、兵の違いが明らかで統率が素晴らしく、いつかは日向守様のようになりたいと思っておりましてございます」

「敵に褒められるとは、それは……」

あっけらかんと、敵方から軍の特徴を話す正信に、光秀はまんざらでもないような表情をしていた。

それからしばらくは、石山の戦いなど、本多正信が敵方として明智の軍と戦ったことなどを話していた。光秀にしてみれば、正信の語る半分お世辞交じりの軍の評論は、面白おかしく、また自分のことで多少はくすぐったく感じているものの、その中に正信の正確な戦略眼や戦術の知識が入っていることを見抜いて、なかなか興味深く聞いていた。

この本多正信という若者、と言っても四十は超えているであろうこの男は、諸国を放浪してさまざまなことを学んでいる。一向宗であり本願寺を回ることができるので、当然にそこにある書物なども読んでいるはずだ。その知識が実践で生かされていることを強く感じた。この時代、先人の知恵の集積である書物に書かれた内容を、いかに時の環境に合わせて実践に役立てるかで、その将としての値が決まってゆく。まさにその価値をいかんなく発揮している正信の言葉に、光秀自身も今は亡き竹中半兵衛や松永久秀と語っているときのような楽しさを感じていた。

「ところで正信殿、信長様と家康殿のご面会はいかがでございましたか」

光秀は、この本多正信という人物の戦略眼で、信長の言葉をどのように聞いたのか非常に興味があった。本来であれば信長という人物の評を聞きたいのであるが、さすがにそれは差し控えた。自分が同席しなかった信長と家康の会話を聞き、その言葉の解釈を聞くことで、もう少し正信の頭の中を覗き見たいと思ったのである。

「はい、信長様は、それはそれは、ご機嫌麗しゅう、非常に和やかな感じのご面会でございました」

本多正信はそのように言うと、新たに出された澄まし汁をすすった。外は陽が落ちたのか、女中が灯りを持ってきた。

「それは良かった」

「信長様は、天下平定後の日ノ本の国の姿を語られ、我が殿家康もその大きな夢物語に驚きを隠せませんでした」

「大きな夢物語ですと」

「いや、夢物語と言っては失礼にございました。信長様は今まで、言われたことは何でも実行されてきておられます。我ら凡人には大言壮語の夢物語でも、信長様にとっては安土から京の都へ上るのと同じように簡単なことなのかもしれませんな」

正信は、笑いながら言った。貞連は、何につけてもわざとらしい正信のような男があまり好きではなかった。しかし、光秀が楽しんで話しているのである。そのようなことは言っていられない。部屋の隅で静かに一人で箸を進めていた。

「それで、信長様はどのような日ノ本の国を語っておられましたか」

「いや、天下平定のあと朝鮮、唐、天竺を平定し、天子様を唐の都へお移しして、南蛮国と対等に戦をすると」

「帝を唐の都にお移しすると……。それは大事ではないか」

今度は光秀が眉根を歪めた。帝を他国に移す、それは他国の人の心も、日ノ本の国の人の心もわからない。信長のことを何でも金で買えると思っていると言っていた松永久秀の言葉に通じるものがある。また、伴天連と手を組んでということは半兵衛が遺言のように残した懸念をそのまま示しているのではないか。期せずして二人の見た信長の欠点が表れているのである。

「フロイスなども同意しており、世界を伴天連と日本で半々にするとか。我が殿家康はまさに弟分の関係と聞きます。そのような信長様の目指しているものの話を、先に伺えたことは非常に興味深く存じました」

正信は、そのことが何事でもないかのように言った。

「それで、正信殿は、その信長様の将来のお話をどのようにお考えか」

「いや、日向守様、南蛮とともに行えばできない話ではないでしょう。しかし、ここだけの話、初めに夢物語と申し上げましたように、あくまでも夢であるとしか考えようがありませんので。拙者のような小物には、とてもとても評価などできようはずがありません」

「夢物語か」

光秀は思うところがあって呟いた。そう言えば足利義昭も、その周辺も自分の器を超えた夢物語を語っていた。

「はい、日向守様、夢物語なのです。信長様ならできるかもしれませんが、我らが器に合わない話をしますと身を滅ぼしてしまいます。夢はあくまでも夢。夢を現実にしてしまうには多くの血が流れます。日ノ本の天下平定がなっても戦が終わらないとなれば、本願寺もまた……いや、これ以上話すと謀叛を起こすような話になってしまいますな」

正信は慌てて話題を変えた。光秀も、愛想笑いをしてそれに付き合ったが、しかし、もはや正信の言葉などは全く耳に入らなくなってしまった。

夢はあくまでも夢。夢を現実に追いかければ多くの血が流れる。そして、そうなれば日ノ本国内もまた戦乱にまみれる。これでは半兵衛と話していた戦の無い世の中の夢は、どのようになってしまうのか。

正信と別れたのち、店の外で待っていた土田弥平次と進士貞連を連れ立って、光秀は亀山城へ急いだ。貞連は、一晩京の都の屋敷に泊まって明日の朝立ちましょうと言ったが、光秀は何かに突き動かされるように、亀山城へ急いだ。

「帝を日ノ本の国から移す……」

光秀は馬をゆっくり動かしながらそのようなことを呟いた。

「先ほどの本多正信殿のお話ですか」

「貞連、いかに思う」

「はい、しかし、それは難しいかも。それをするとなれば、日ノ本の国がまた戦国の世の中に戻ってしまいます」

「いやそればかりか、伴天連どもにこの国を取られてしまう。そのころには帝は都になく、信長様も大陸で戦っている。日ノ本の国はがら空きだ。そのようなところで南蛮船が大挙してやって来たらどうなる」

光秀は、自分の頭の中で、それらの画を描くように言った。戦が無くなり、そして多くの人が伴天連に支配され、奴隷のようになる。唐天竺の地で伴天連に挟撃され、金ヶ崎の戦いのようになる。いや、そのときは当時の岐阜城のような戻る場所がないので、滅びるしかない。

「今のままでは、だめだ」

「本多正信殿も、このまま考えれば、謀叛のような話にしかならないと申されておりました」

その時、普段無口な土田弥平次がボソリと言った。

「水無月のはじめ、信長様は単独、本能寺において茶会を催されるそうです」

光秀の目が怪しく光った。

「帝と日ノ本を護り、そして、戦の無い世の中にするためにはそれしかないのか」

「殿……」

貞連は、丹波統一以降、山賊すらいなくなった老ノ坂峠で、ほぼ新月に近い暗闇の中、それ以上言葉を繋ぐことはできなかった。真の闇は、光秀主従三人を、まるで真っ黒な鬼が手招きしているかのように吸い込んでいった。

三　紅蓮の本能寺

天正十年（一五八二）五月二十八日、戦の準備を溝尾庄兵衛に任せた光秀は、戦勝祈願と嫡男光慶の初陣の無事を祈願するため、愛宕神社に参拝した。

「光慶は、東行澄とともに参れ。私は少し思うところがあるので、独りで参る」

そう言うと、光秀は独り馬に乗って保津の方へ向かった。このとき、光秀が向かった道は、現在の亀岡市では「明智越え」としてハイキングコースになっている。光秀は、丹波を領したときにここが清和天皇陵であることを知り、何かあったときには人知れずここを訪れるようにしていた。明智家は、酒呑童子を退治したことで有名な清和源氏嫡流第三代源頼光の子、頼国が美濃国土岐郡に移り住んだ子孫と伝わっている。つまり、光秀は何か悩んだときに、ここに来て先祖の墓参りをしていたのだ。そして光秀は、何か悩み事があるとき、独りで山道を歩くことが癖になっていた。明智城落城から落ちのびたとき、山や森の中をさまよい、斎藤義龍の軍から逃げて回った。何日も森の中で一人で考えたことが、今まで正しかったために、今の自分がある。光秀はそれ以降、考え事をするときは森の中で樹木に話しかけるようにして考え事をする癖があった。そのうえ、先祖である清和天皇の御陵があるのだ。今でもそうであるが、重大な決断をするとき、先祖の墓参りに行く人が多いのと同じである。

光秀はその後、愛宕山五坊の一つである威徳院へと向かった。古くからの友人の里村紹巴（じょうは）を招いて連歌の会を開いたのである。

「今回は、ご嫡男の光慶殿が初参加ということですが」

紹巴は、どのような嫡男が来るのか、非常に楽しみという風情であった。他に里村昌叱（しょうしつ）、猪苗代兼如（けんにょ）、里村心前（しんぜん）、大善院宥源（ゆうげん）といった面々が連歌そのものよりも、光秀の嫡男光慶に会うことを楽しみにしていた。

「いや、初めてで里村先生のような方にご一緒いただけるのは、とても光栄なことではありますが、逆にお恥ずかしい限りです」

「それにしても遅いですね」

愛宕山は木々も深く、陽もとっくに落ちてすっかり暗くなっていた。すでに外では石燈籠の中に明かりが灯っている。

「本当に、最も若輩者が最も遅いというのは良くありませんね。きっと叱り置きます。お許しください」

紹巴の言葉を受けて、光秀は叱り置くと言った割には、機嫌が良さそうな明るさで言った。

「この辺は暗くなりますから、少し見に行かせましょうか」

家主である威徳院行祐が気を揉んでいる。そこに光慶と東行澄が入ってきたのである。もちろん、ほかの人が早く集まっただけで約束の刻限よりも前である。

「光慶、先生方にご挨拶を。本来であれば、若輩のその方が最も早く来てお出迎えをせねばならぬところだ」

「申し訳ありません。愛宕の山の新緑が夕日に輝く様が美しかったので」

光慶は、全く悪びれずに言った。

「いや、その風流な心は、御父上光秀殿の若いころと同じで、先が楽しみです」

紹巴はそう言うと奥の広間に案内した。

「それでは始めましょう。早速、光秀殿、発句を」

「では」

光秀は短冊と筆を手にすると、発句をしたためた。

「ときは今 あめが下しる 五月かな」

光秀は何事もなく、そのような発句を詠んだ。紹巴はゴクリと唾を飲み込んだ。土岐氏が今から天下を治めると読んだのである。しかし、百韻の途中、唾を飲み込んだだけで、それ以上何も言わなかった。会場は誰一人として声を上げない。不気味な静寂が連歌の会に参加している人々を包み込んだ。

「水上まさる 庭の夏山」

雰囲気を察した威徳院行祐が、周囲を見回し、他の人々が何か声を上げる前に下の句を繋げた。行祐も、何食わぬ顔をしながら、光秀の考えに気付いていた。そう言えば、親子で来ているのに、それも嫡男光慶が初めて連歌の会に参加するのに、別々に来るということがおかしいのだ。つまり、光慶やそれに付いて来ている東行澄に見せられないところに光秀はいたのである。それが何かはわからないが、よほどのことであろう。その時点で気付くべきだったと後悔しても遅い。連歌の会が始まって、光慶がいる前でそのような話はできないのだ。行祐と目を合わせた紹巴は、その光秀への思いが伝わった。そして光秀へのせめてものメッセージとして、三の句を繋げたのである。

「花落つる 池の流れを せきとめて」

花、つまり桔梗の花が落ちても、その流れはせき止められてしまう。だから、思い留まりなさいと。発句からとても止められないと思いつつも、精一杯の諫めを示さないわけにはいかなかったのである。

愛宕百韻から戻ると、亀山城の御殿には左馬之助が待っていた。

「殿、まさか謀叛を起こす気ではないだろうな」

左馬之助は、はなから喧嘩腰である。

「誰から聞いた」

「弥平次だ」

「そうか。弥平次なら私の心が読めるかもしれぬな」

愛宕百韻で詠んだ発句のことを知らなくても、左馬之助は土田弥平次を使って光秀の後をつけさせていたので、光秀がどこに行ったか知っていた。遠いとはいえ、土岐家の出自にかかわる清和天皇の御陵へ行ったということは、同じ明智を名乗っている左馬之助にとって、その意味は痛いほどわかるのである。

「明智のため、土岐家のため、思い留まれ」

左馬之助は大声で言った。しかし、光秀は全く動じない。

「いや、止めるな。このままでは伴天連に日ノ本の国を取られてしまう。今やらねばならぬのだ」

「それだけか」

「あの無法者の秀吉の下に付けということだ。信長様のことだ、あの無礼な無能者の下に付けて、近いうちに別所長治殿や荒木村重殿のように謀叛を起こすことを待つということであろう」

「そんなことはない。秀吉と思うな。信長様と芳子殿の息子秀勝殿を補佐すると思えばよいではないか」

左馬之助は、何とか説得するように精一杯の落ち着きをもって話した。

「まあ、光忠も庄兵衛も伝五郎も、皆左馬之助と同じ、やめろと言った」

「ほかにも話したのか……」

その瞬間、左馬之助は意外そうな顔をした。

「ああ」

光秀は、さも当然であるかのように言った。その瞬間、左馬之助は全身の力が抜けたかのように、腰をドスンと畳の上に落とした。

「それだけ話をしてしまったのであれば、いつかは御館様に伝わりましょう。殿、ほかの重臣が追放されたように惨めな思いをする前に、やりましょうぞ」

左馬之助は、自分一人の口であるならば何とかなると思っていたが、ほかの家老にも話しているということは、いつかは露見する。いずれ露見するのであれば、鬼道、地獄道であってもその道を進むしかないのである。左馬之助はそのように思って光秀を止めるのをやめ、光秀とともに修羅の道に進むことを覚悟した。この時点で自分の未来を悟った。

「では、本日の夕刻、篠村八幡宮に軍を率いるよう皆に伝えてくれ」

「わかった」

そのとき、襖の外に音がした。

「せ、拙者は何も聞いていない」

山本城の宇野豊後守は走ってその場を逃げ去った。しかし、鶴がすぐに追い付き、そのまま斬って捨ててしまった。左馬之助は覚悟を決めた以上、企みを明かして逆らう者はすべて殺す覚悟ができていた。その初めの犠牲者が宇野豊後守であっただけである。宇野豊後守にしてみれば、恋焦がれた鶴に斬られたことが、唯一の救いであったかもしれない。

夕刻、篠村八幡宮に一万四千の軍が集まった。光秀は、通常の戦勝祈願と同じように、八幡宮に祈願をした。現在も京都府亀岡市に残る篠村八幡宮は、鎌倉幕府討幕のために、足利尊氏が後醍醐天皇に呼応し京都六波羅探題を落とすための軍の旗揚げを行った由緒正しい八幡宮である。光秀は、あえてこの地を出陣の地に選んだ。まさに、自らを足利尊氏になぞらえ、京都に攻め入って悪を倒すという気概を示したのである。しかし、そのことに気付く将兵は少ない。そもそも夕刻から夜にかけて出陣するのは異常であるが、ないわけではない。特に織田軍は桶狭間の例もあって、不思議に思う者は少なかった。もしも違和感を感じる者がいても、光秀の命令が何か特別な八卦見（はっけみ）の結果であるのであろうとくらいにしか思っていなかったのである。

「今より、本能寺へ向かう」

五人の家老だけではなく、そこにいる武将はすべてわかっていた。すでに、昼のうちに覚悟を決めた左馬之助が次々と指示を出した。

「安田国継は先に老ノ坂峠に行き、隊列を乱す者を斬り捨てよ。殿の軍は唐櫃を越える。斎藤利三と明智光忠の軍は、老ノ坂を通り五条通を抜けよ。光忠の軍と我らの軍は信忠殿のいる妙覚寺へ、他の軍は本能寺に向かう」

まだ早朝であった。

「誰だ、喧嘩か」

昨晩、近衛前久、甘露寺経元などの公卿や僧侶らを招き、信長は本能寺で茶会を開いた。光秀の娘と津田信澄が祝言を上げてから、多くの兵を周りに付けることはない。数名の小姓のみでの移動であった。そして名物開きの茶事が終わると酒宴となり、信長には珍しく夜更かしをしていた。その心地よい眠りを妨げるように、外から喧噪が響いてくる。安眠を妨害された信長は、当然に機嫌が悪い。

「はい、様子を見て参ります」

最もお気に入りの小姓、森蘭丸が襖の外で声を掛けると、そのまま外に走ってゆくリズミカルな足音が聞こえた。信長は、喧騒を不快に思いながらも再度布団の中に入り、うとうととした。

「御館様、大変にございます」

「何事だ」

「外に兵が溢れております」

「蘭丸、誰だ。中将信忠の謀叛か」

信長は真っ先に自分の息子である信忠の謀叛を疑った。自分で全軍の指揮を執るようになり、自信がついてきて最も邪魔なのは目の上のたん瘤である自分自身である。そのように考えれば、今の平和な京都で、自分に対して大胆にも兵を起こし謀叛を起こすのは、信忠以外には考えられないのである。このときはまさか光秀が謀叛を起こすなどとは全く考えていなかったのだ。

「いえ、水色に桔梗、明智日向守です。殿、早くお逃げください」

蘭丸は寝巻のまま槍を持った。

「是非もなし」

信長はそう言うと奥に一度戻り、自ら弓を持ち出した。そして矢をつがえて塀を越えてくる明智の足軽に放った。数名射殺（いころ）したあと、ただ怯えている本能寺の僧に向かってニヤリと笑った。信長は努めて明るく、そして強い声でその坊主に指示をした。

「坊主、女や他の坊主を連れて逃げよ。光秀は罪のない者を殺めるような奴ではない」

そこに震えながら佇んでいた僧は、何も言わず頷くと奥へ入っていった。

「さあ光秀、お前に何ができる」

信長はニヤリと笑うと、また次の矢をつがえた。

「あの騒ぎは何だ」

宿所として妙覚寺にいた信忠は、遠くで聞こえる喧騒に目を覚ました。

「大変にございます。明智光秀殿謀叛、本能寺はすでに焼け落ち、じきにこちらにも明智の軍が攻めて参りましょう」

駆けつけた村井貞勝が信忠に注進した。

「叶わぬまでも本能寺に向かう」

「いえ、それならば二条の御新造に向かった方が守りに易く良いかと思います」

村井貞勝の屋敷は本能寺の目の前であったが、すでに明智の軍が十重二十重に取り囲み、本能寺に行くことができなかったと、貞勝は信忠に伝えた。

「明智の謀叛である。戦って雑兵に斬られるよりは、潔く腹を切ろうではないか」

「いや、何とか落ちのびて安土へ参りましょう」

想定していない事態に軍議が長引き、その間に在京の信長の母衣(ほろ)衆などが集まって千五百の軍になっていた。しかし、光忠と斎藤利三の軍は一万。信忠は何度も打って出たが、しかし、最後には力尽き御新造に火を放って命を絶った。

「首を探せ」

信長は奥に入って火薬に火を放ったのであろう。三井寺の鐘よりも大きな爆発音とともに、天を衝くばかりの火柱が本能寺の本堂から昇り龍のごとく天に昇った。その後、本能寺、いやすでに瓦礫になった本能寺の跡地は、地獄のような静寂に包まれた。周辺の住民も皆避難してしまい、周囲には光秀の軍しかいなかった。

「の、信長様の首を探せ」

すでに千を超える明智の部下が、最後に信長が居たであろう本堂を何回も歩いて首を探していた。徐々に本能寺の周りに都の野次馬たちが集まり、光秀の軍が疲労と焦りに包まれながら信長の首を探している姿を遠巻きに見ている。陽が徐々に頭上に昇り、六月の蒸し暑さが出てくると、本能寺の周辺は焦げた臭いと、肉の焼けた臭い、そして火薬の爆(は)ぜた臭いの混ざった、複雑で不快な空気に包まれた。

「殿、二条御新造にて、信忠様の軍が全滅」

「信忠様は」

「それが……確かに信忠様のいた御新造が火に包まれたのですが、信忠様の首は見つからず」

「そうか」

光秀は肩を落とした。信長、そして信忠を討ったのに、その首が見つからない。

「それと、明智光忠様がお怪我を。四王天正孝殿が代わって指揮をしておりました」

「光忠が。そしてどうした」

「光忠殿は三井寺でお休みになってございます」

「うむ」

光秀は焦りに焦ったが、結局日没までに首は見つからなかった。光秀の考えた、精密機械のような計画の歯車が、信長自身の手によって狂い始めたのである。

四　以心の不伝心

「庄兵衛と貞連は勝龍寺城を獲れ」

光秀は首を探させながら、本能寺で信長を討った六月二日のうちに、畿内にある城に兵を差し向けた。庄兵衛と貞連は勝龍寺城、池田輝家は伏見城、そして光秀自身は二条城を抑えた。瀬田の山岡景隆は、信長の横死を聞くと、瀬田大橋を落として甲賀へ逃げてしまった。

光秀は矢継ぎ早に指示を出していった。今まで信長が、いや織田家という組織が行っていたことをすべて一人で行わなければならない。光秀は多忙を極めた。しかし、すでにここまでのことはすべて事前に考えていたので、信長と信忠の首が見つからないこと以外、この時点では思い通りに運んでいた。

「細川と筒井へ使者を送れ」

「京極高次殿、武田元明殿を近江へ。左馬之助を派遣し安土と長浜を抑えよ」

光秀の考えでは、安土と岐阜は信長と信忠がいないので動きはない。滝川一益や森長可(ながよし)は、まだ落ち着かない信濃と甲斐に手を焼いているので戻ってこられない。徳川家康は堺にいて軍の統制も取れない。つまり今、光秀討伐の軍を動かせるのは柴田勝家と丹羽長秀しかいない。

その丹羽長秀は、光秀の娘婿の津田信澄と一緒にいるし、安土築城のときは伴天連に手を焼いていたので、光秀の気持ちは理解してくれるはずだ。少なくとも津田信澄にも遠慮し、伴天連に対しても反感を持つ丹羽長秀がすぐに軍を動かして光秀を攻めに来るとは考えにくい。いや、安土城普請や八木城前で伴天連に対して恐怖と反感を持っている丹羽長秀は、光秀が伴天連を追放するために、それに与する信長を倒したと知れば、強力してくれる可能性も少なくはないのである。場合によっては、津田信澄が指揮権を持って義父である光秀の下に参集する可能性もあるのだ。そうすれば、すぐに動けるのは越前の柴田勝家くらいであろう。羽柴秀吉は、備中で毛利と対峙していてすぐに動けるはずもないし、また、羽柴のような無能で高慢な男などは人望がないので、秀吉に従う者などはいないはずなのである。信長の威を借る禿ネズミは、信長という大きな後ろ盾を失えば、その場で瓦解し、秀吉の軍から逃散してしまう兵も少なくないのではないか。別所長治や荒木村重の例もあれば、備中高松の地で内戦が起きる可能性もある。秀吉の能力などはその程度しかないのである。

「一応、上杉殿、毛利殿、長曾我部殿に使者を送れ」

その使者によって、丹羽長秀、柴田勝家、羽柴秀吉が動けなくなる。その間に畿内を完全に掌握すればよい。元の信長の版図（はんと）がなくとも、三好長慶くらいの領国があれば、十分に戦えるはずだ。

「殿、そのように軍を方々に散らしていては、何かあったときに困りますぞ」

左馬之助は、何かに取り憑かれたように使者を送り、そして治安維持のためとして近江・大和・丹波・摂津そして京の都へと軍を分散させている光秀を諌めた。しかし、光秀も何かに取り憑かれたように、その動きをやめない。

「の、信長様が……。それも光秀殿が謀叛とは」

丹後田辺城では、光秀が最も頼りにしていた細川藤孝が喪に服すとして剃髪し、幽斎と名乗った。藤孝があえて細川幽斎と「幽」の字を使ったのは、信長が「うすら幽霊」と渾名していたことに由来していた。自ら幽斎と名乗ることによって、昔の信長と細川の関係を知っている人は、細川が明智ではなく織田信長に服従しているということがその号だけでわかるようにしていたのである。もちろん、光秀に対して最もそのことを伝えたいという気持ちが強かったことは言うまでもない。

息子忠興は光秀の娘珠と離縁こそしなかったものの、丹後の味土野（みどの）に明智家から来た、たきなどの女中衆、そのほかの付き人にもすべて十数名の監視を付けて幽閉してしまったのである。細川藤孝は、そもそも丹波統一を命じられながらそれをできず、光秀が細川の友人であるということで、そのあとを受けて丹波統一を行った。そのことによって自らの不始末の責任を取らされずに済んだ。そればかりか、光秀の与力になったことで丹後一国を領して田辺城を許され、そして光秀が丹後や但馬を脅かす赤井直正の軍を滅ぼしてくれたことによって安定した領国経営ができたのだ。そのように光秀に大恩のある細川が簡単に光秀のことを裏切り、田辺城に籠ってしまったのである。光秀の歯車はもう一つ大きく狂ったことになる。

もう一人の与力である筒井順慶は、悩みに悩んでいた。光秀の次男、十次郎定頼を養子にすることは信長の命令として決まっていたとはいえ、定頼はずっと坂本にいたために順慶は会ってもいない。それで親族のつもりになられても困るのである。ましてや、謀叛人の汚名を着せられてはありがたくはない。順慶は生返事をしながら、大和郡山城で籠城の準備を進めた。

「光秀殿が伴天連を攻撃するならばいざ知らず、御館様に謀叛をするなど、俄(にわ)かに信じられるものではない」

同じく伴天連を嫌っていた丹羽長秀も、そのように言って光秀の誘いを断った。そればかりか津田信澄が光秀の娘を娶(めと)っていることから、内通の疑いがあるとして信澄を殺してしまったのである。もちろん、丹羽長秀と一緒にいた信長の三男信孝が中心になって、他の一族の者に功を取られたくないと思い謀殺したのである。信孝には、すでに父信長の後継者ということが頭の中にあったのだ。

細川も筒井も丹羽も、光秀が事前に考えたような者とは異なり、期待した武将のすべてが光秀の思いを理解することなく、光秀の下を去っていったのである。

「殿、使いの者の注進はこのようになっております」

土田弥平次は、使者に行った者の報告をまとめて光秀のところに持って来ていた。ここ数日で、すっかり老人のように歳を取りやつれている光秀は、弥平次の目に幽霊のように映った。

「何故、なぜに、わかってくれないのだ」

光秀は、弥平次の報告を見て取り乱した。

「殿、致し方ありますまい」

「珠も、京子も、これでは不幸になっているのではないか。私は、戦の無い泰平の世の中にするために伴天連と、それに力を貸す信長様を倒したのだ」

聞いている土田弥平次の方が深いため息をついた。普通に考えれば、このようになることは予想ができたはずだ。しかし、今になって光秀は取り乱している。妻の煕子の死、義妹芳子の死、丹波八木城での伴天連の異常な死に様、そして黒井城での雪の死、そのうえ杏が信長の愛妾となり、信長と意思が伝わらない状態が続いた。これでは精神に乱れを来すのも無理はない。そのときに諫め、少し休ませ、このような結果になる前に思い留まらせることができなかった貞連・左馬之助・光忠、そして弥平次ら光秀の傍に仕える者が、このような結果を招いてしまったのだ。

「殿、前を向くしかありません」

「弥平次、どうすればよい」

「使者に出した者の中で、戻って来ていないのが毛利殿のところです。羽柴に捕まったのかもしれません」

そのころ、備中高松城を水攻めにしていた羽柴秀吉の本陣に、黒田官兵衛が若者を連れてきた。

「秀吉殿、面白い者を捕まえてございます」

「このような夜更けに何事だ。また、高松城から毛利への救援要請の使者でも捕まえたか」

水攻めで広く軍を拡げている。しかし監視の目が少ないところに、たまに高松城城内から毛利への救援を求める使者が捕まることがある。もちろん、そのような者が来ても水攻めの陣形に変わりはないのだ。戦いに来ているのに、城を包囲しているときは動きがない状態が続く。その間は、少しの動きが大事のように思えてしまうものなのだ。三木城、有岡城、鳥取城そしてこの備中高松城と包囲戦を得意とする秀吉は、そのことがよくわかっていた。

「いえ、御館様がお隠れになったと」

「な、なに」

半分眠っていた秀吉は、腰を抜かすほど驚いて黒田官兵衛を睨みつけた。しかし、官兵衛は荒木村重の説得に入り、有岡城に長く幽閉されていたために片足が悪く、このような夜更けに戯言(ざれごと)を言いに来るような者ではない。官兵衛の横には二人足軽がいて、商人の風体をした男が引きずられてきた。

「その方、それは真か」

男は何も言わない。しくじったという表情で、ただうつむいていた。

「このような密書を持っておりました」

官兵衛は密書を手渡した。そこには、確かに明智光秀の謀叛と本能寺の変の顛末、そして毛利輝元に宛て、羽柴秀吉をともに倒そうという内容が書かれている。秀吉は、農民出身で能力はなく、高慢な一面もあるが同時に感情が豊かな男であった。その秀吉の見立てでは、光秀は上手に嘘を言うような性格でもないし、信長に許可なく敵の毛利に書状を届けるような人間ではない。そして、見慣れた明智光秀の花押を確認して、そこに書かれたことが真実であると悟ったのである。

「御館様……信長様。そ、それがしは……」

秀吉はその場で、いきなり号泣しはじめたのである。しかし、その横で官兵衛は不敵な笑みを浮かべた。夜更けで灯が暗かったために、その不敵な笑みは鬼神を思わせる不気味さを湛えていた。

「秀吉殿、信長様にはお悪いが、天下を取る好機にございます。光秀を討ちましょう」

「官兵衛、その方がすべてを指揮して毛利と和睦し、すぐに光秀を討つ」

官兵衛のこのときの対応があまりにも見事であったために、後世、秀吉黒幕説や黒田官兵衛の陰謀説が出てくることになる。しかし、そもそも能力がないと考えていた秀吉の陰謀に簡単に光秀が乗るはずもないし、また、官兵衛に関しても荒木村重の謀叛の件など、光秀は十分に警戒していた。そもそも、秀吉が企画したのであればもっと有利な時期に陰謀を仕掛けるであろう。毛利が敵に回るとも限らないところで一か八かの賭けをするような陰謀は存在しないのである。とかく陰謀というものは、初めから最後までストーリーを作ってそこにはめるものもあるが、そうではなく、自分たちが仕掛けていない偶然の産物の上に、そのチャンスを利用して自らの立場を好転させるものもある。その意味では、黒田官兵衛の仕掛けたものは、信長が死んだと知ってから慌てて組み立てたものであり、光秀が本能寺の変を起こすことには関与していなかったと考えるのが普通であろう。

いずれにせよ、秀吉と官兵衛にとって、本能寺の変から賤ヶ岳の合戦までが最も輝きを増していた時代であるが、しかし、秀吉はこの一件から官兵衛を恐ろしいと思い、徐々に遠ざけることになるのである。秀吉が天下を取ったのちに、大阪城を落城させることができるのは誰かと秀吉に尋ねたところ、黒田官兵衛しかいないと言ったという。そして黒田家を大阪から遠い福岡に封じたのである。古今東西、能力のない者は、自分の手の届かない能力を持つ者を恐れ、そして自分から遠ざけるのが世の習いである。

「官兵衛、まさか、その方が謀ったわけではあるまいな」

帷幕を出ようとする官兵衛に、秀吉はそのように声を掛けた。官兵衛ならばやりかねない。それが秀吉の瞬時に出した結論である。その声は涙で震え、官兵衛を立ち止まらせるには十分であった。

「まさか」

官兵衛はひと言そう言うと、そのまま杖を突きながら帷幕を出ていった。官兵衛は、自分ではそのようなことはできないし、それだけの信用がないことを知っていた。もしも光秀にこのような大胆な行動を起こさせるとすれば、竹中半兵衛しかいない。官兵衛は、逆に自分の限界をこのときに悟っていたのである。

「羽柴秀吉殿、毛利と和睦し畿内に迫っております。その軍約三万」

毛利への使者が戻ってこないことを不審に思っていた弥平次の命を受けて、鶴が直々に中国路へ物見に行っていた。その鶴がもたらした報告は、光秀を驚かせるには十分であった。

「秀吉が……何故に、このように早く」

鶴の言っていることがわからない。光秀の頭の中にあった計画でも最もあり得ない事態であった。津田信澄の弔い合戦として堺に向けて進めていた軍は、現在の京都府八幡市の洞ヶ峠で歩みを止めた。

「伝五郎、直ちに筒井順慶殿のところへ行き、急ぎ大和の軍を率いて参集するように伝えよ」

「はっ」

藤田伝五郎は数名の供を連れて、馬に乗って筒井順慶のいる大和郡山城に向かった。

「筒井殿、なぜ出られぬのだ」

藤田伝五郎は、答えによっては筒井順慶を斬り捨てる覚悟で迫った。

「病に伏せておる。光秀殿の大事なときに申し訳ない」

筒井順慶はわざと郡山城の中で布団を敷き、丸腰で横になっていた。わざわざ息を止めて顔を赤くし、藤田伝五郎を追い返すようさまざまに工作した。

「本当に病なのでござるか」

「このように」

刀の柄に手を掛ける伝五郎に、絶対に自分を斬らないと確信して、病を装って寝ている筒井順慶。もし伝五郎がここで順慶を斬っても、光秀の軍は何の得もないのだ。また秀吉が迫っている以上、藤田伝五郎が長々ここに居座ることもない。短い時間病気になり切れば、難が去るのである。その辺は、光秀に並び称される教養人である。考えや人に対する対応が実直に見えるだけに、藤田伝五郎よりもはるかに勝っている。

「では、どなたかを名代に兵を率いて参集されますように」

「相わかり申した。ただ、大和の中にはまだ中小の豪族が多く、見極めたのちに、慈明寺順国と島清興に兵一万を付けて向かわせましょう」

伝五郎は兵一万の約束を得て、やっと刀の柄から手を離し、光秀の本陣へ戻っていった。この一万の兵を期待したが、結局筒井の旗を持った軍が来ることはなかったのである。片方では光秀に出兵を約束し、裏では秀吉に通じていて最後まで態度を明確にしなかった。このことが後世になって、筒井順慶が洞ヶ峠まで出て日和見をしていたというように伝わり、「洞ヶ峠を決め込む」という言葉に代わっているのである。

「殿、筒井順慶殿、兵一万をお約束くだされました」

「約束とは。伝五郎、秀吉はすぐそこまで来ておるのだ。で、兵はいつ来るのだ」

伝五郎は黙ってしまった。光秀は、すでに何か悟りを開いたような表情になっていた。伝五郎では筒井にうまくあしらわれただけであったに違いない。光秀は自分自身が筒井を説得しに行かなかったことを悔やんだ。伝五郎では無理であったのだ。せめて土田弥平次や進士貞連を行かせればよかった。

「伝五郎、もうよい。この兵で戦おう」

勝龍寺城に戻り、その後、秀吉を迎え撃つようにそこから摂津方面へ進み、現在の山崎御坊塚に本陣を置いた。姻戚関係にあり、与力でもあり、そして旧友でもある細川藤孝、与力で信長への橋渡しをした筒井順慶、ともに伴天連の恐ろしさを味わい八木城で戦った丹羽長秀――光秀が期待した彼らが裏切り、そして何の能力もない秀吉の軍に集まっている。彼らが裏切らなければ、能力のない秀吉の軍などは赤子の手を捻るよりも簡単に屈服させることができたはずだ。しかし今、裏切者たちはすべて秀吉の旗の下に集まって、光秀の数倍の数で迫って来ていた。

高槻城のキリシタン高山右近や、荒木村重に糾明に行ったときに信長に降ることを勧めた中川清秀などは、伴天連嫌いなのに権力にまかれてフロイスの言を入れてしまうので期待はしていなかったが、それでも光秀に恩顧があるのだから中立を守ると思っていた。光秀の思っている日ノ本の国における恩義ということや、光秀の考える人の道というものが壊れていると、光秀自身が感じないわけにはいかなかった。

五　正義の代償

「雨か」

御坊塚にすべての軍を集めて評定を行ったとき、溝尾庄兵衛は全く他人事のように言った。この時代、戦の前に雨が降るというのは、当時の最新兵器である火縄銃が使えないということだ。弓と槍しか使えない場合、当然に兵の多い方が有利だ。庄兵衛は、天を見上げながら雨が降った風流を楽しむように言った。これから戦が始まるとは思えない明るさである。自然と陣中に笑みがこぼれた。

「雨の割には、ちょっと多いなあ」

斎藤利三は羽柴の軍の方を見て、やはり他人事のように言った。雨の中での不利な状況でも、光秀の戦略眼は狂ってはいない。この山崎の地は天王山と桂川流域の湿地帯にあり、細い畦道と天王山の麓以外に大軍が通れる道はなく、数は多いが戦巧者の少ない秀吉の軍を相手に戦うには最も適している場所だ。光秀は、この場で羽柴秀吉の軍と戦うことを選んだ。自分の軍が少ないことをよく知ってのことである。

天正十年（一五八二年）六月十三日、信長を本能寺で倒してから十一日しか経っていない。光秀の軍は一万六千、そして羽柴秀吉の軍は丹羽長秀や高山右近の軍を合わせて約四万である。

「まずは、あの天王山を奪え」

桂川支流の円明寺川の向こう側に秀吉の軍が陣を構えていた。光秀の本陣から見て右側、天王山の麓にはすでに黒田官兵衛、羽柴秀長、神子田(みこだ)正治の軍の旗が立っている。その天王山を奪うために斎藤利三と丹波の並河易家が向かった。その途中の高山右近の軍が前に出てきたので、伊勢貞興隊が襲い掛かったのが戦の始まりであった。

「つ、強い」

すでに覚悟の決まっている斎藤利三の軍は、ただ前へ進んだ。及び腰で秀吉の下に集まった摂津衆は、斎藤・並河の軍に全く歯が立たなかった。

「堀秀政を前へ。摂津衆を助けよ」

羽柴秀吉は余裕をもって指示を出した。しかし、天王山麓を中心に徐々に秀吉の軍が押されてきていた。

「我が方が多いのに、なぜだ」

秀吉は、改めて明智光秀の軍に強さを感じていた。この時間(とき)の恐怖を感じた感覚が、のちに太閤記などに「光秀と秀吉がライバルであった」というように書かれる元となっている。光秀は農民出身の秀吉など歯牙にも掛けていなかったが、その優秀な光秀とライバルで、その光秀を倒したということが農民出身の秀吉にとって、当時どれくらい自慢であったかは想像に難くない。農民出身の秀吉と土岐源氏の嫡流が競うようなことはあまり考えられなかったのである。

いずれにせよ、摂津衆の総崩れに焦った秀吉は、本陣近くにあった堀秀政を摂津衆の後詰（うしろづめ）に回した。

「官兵衛は何をしているのだ」

「黒田殿は羽柴秀長様とともに天王山の上におります」

「戦っているのか」

「雨ですので鉄砲が使えません。戦っているのか、まだ様子見なのか」

「山を獲っているならば、なおさら数が多い方が有利であろう」

秀吉は、近くにいる者に当たり散らしている。

摂津衆が崩れると、そこに光秀が軍を集中した。溝尾庄兵衛、四王天政孝などがその後詰に入った。少ない味方で多数の敵を倒すには、敵の弱点を最大の力で突き、そのまま敵の本陣を襲って大将の首を獲るしかない。信長が全国に名を轟かせた桶狭間の戦いは、まさにその最も顕著な成功例である。光秀は、竹中半兵衛や松永久秀、筒井順慶などと話をしている間に、そのような戦略を学んでいた。桂川の方は湿地帯で軍が来る可能性は低い。つまり今、崩れてきているところに軍を集中して、秀吉の首を獲ることが勝利の近道なのである。

「進め。そのまま秀吉の首を獲れ」

光秀はそのまま采配を振るった。やはり、伴天連を擁護する信長を倒したのは正しかった。天が我々に味方していたのだ。少なくとも光秀はそのように思っていた。

「父上、我が軍旗を上げてください」

秀吉の養子、そして芳子と信長の子である於次秀勝は、織田家の五木瓜（いつもっこう）の紋の入った幟を持ってきた。

「信長様が生きていると噂を流せ」

秀吉は多くの兵にそれを命じると、秀吉の本陣に於次秀勝の旗を立てた。

「信長様が生きているだと。そんなはずはない」

「それは罠だ、嘘だ、動揺するな」

秀吉の軍ではなく、芳子の子である秀勝の知略が戦の転機となった。明智の軍には、その幟を見るだけで一気に動揺が走り、羽柴の軍は一気に士気が上がったのである。斎藤利三も溝尾庄兵衛もその混乱を収めることに精一杯になってしまった。自軍が混乱することが戦場では最も危険だ。その瞬間敵が見えなくなり、全体の良い流れや運をすべて手放してしまう。そして自分たちで負けを呼び込んでしまうのだ。

「あっ、敵だ」

そのわずかな混乱が、明智の軍を狂わせた。それまで警戒を怠っていなかった桂川近くの湿地帯の方向の物見も動揺し、そこに池田恒興、丹羽長秀、織田信孝の軍が殺到した。明智軍が自軍の混乱を収めるために目を離した隙に、湿地帯を越えて来たのである。湿地帯を守っていた津田信春はすぐに壊乱状態に陥り、そのまま敗走の混乱が明智光秀本陣にまで伝播した。

「並河易家様、天王山麓で討ち死に。松田政近様、ともに討ち死に」

光秀にはそれまで好調な話ばかりであったのが、於次秀勝の五木瓜の旗が立ってから急に味方の不利ばかりが伝わるようになった。天王山から羽柴秀長と黒田官兵衛の軍が坂を転げ落ちるように流れ込み、弱点を突くために伸び切った光秀の軍に横槍を入れた。混乱しているところに横槍が入り、恐慌状態になった光秀の軍は次々と突き伏せられていった。

「阿閉貞征（あつじさだゆき）様、討ち死に」

「四王天政孝様、討ち死に」

討ち死にの報が入る。

「光秀殿、拙者が身代わりになるので、その間に落ちのび、再興してくだされ」

元幕臣の御牧兼顕（みまきかねあき）はそう言うと、光秀の兜を取って自らそれを被った。

「我こそは惟任日向守光秀である。腕に覚えのある者は前に出よ」

御牧兼顕は、そう名乗りを上げると手勢を率いて前へ進み出た。

「結局、信長には勝てたが、芳子の息子には勝てなかったか」

光秀はそう言うと、軍をまとめて勝龍寺城へ引き揚げた。溝尾庄兵衛、斎藤利三、明智左馬之助、皆疲労の色は隠せなかったが、それでも希望を失った者はいなかった。この場で腹を切ろうと言い出す者もなく、災害に遭って助かったあとのような朗らかさが勝龍寺城の中にあった。部屋の隅の方では笑い声も聞こえている。光秀の軍は、このときにはまだ足軽一人ひとりに至るまで光秀の心が伝わっていたのだ。

「父上」

「光慶か。初陣が負け戦ですまない」

「いえ、二条御新造で初陣は勝ち戦でございました」

嫡男光慶は、明るくそのように言った。

「利三、ご苦労だが光慶を亀山城に送ってくれないか。我らの希望だ」

「承知」

斎藤利三はそう言うと、数名の手勢を供に光慶と亀山城へ向かった。

「左馬之助は、手勢をまとめて勝龍寺城で秀吉の軍を足止めしてくれるか。左馬之助ならば、時を稼いで戻ることができよう。そのあとに安土の仕置きをしてくれ」

「わかり申した。私しかいないな」

左馬之助は、すでにこうなることへの覚悟はできていた。土田弥平次や鶴も、その横に座っている。二人とも自分の役目をよくわかっていて、何も言わず深く頷いた。忍びの技を使っても、秀吉の軍を足止めしなければならないのだ。

「庄兵衛と貞連は、私に付いて伏見の方から坂本へ向かう。伝五郎は残りの者を連れて坂本に。光慶を除く者はすべて坂本で落ち合う。秀吉を坂本に引き付け、亀山の光慶を助ける。それでよいか」

「御意」

六月十三日の夜のうちに、光秀の軍は勝龍寺城を出た。しかし、夜陰に紛れて落ちのびていると、徐々に兵が逃亡してしまい、わずかしか残らなかったのだ。

「こんなに兵がいなくなったのか。負けるとはこういうことなのだな」

光秀は伏見小栗栖の辺りで、自分の周りに十数人しかいないのを見て自嘲気味にそう言った。十日ほど前には士気の高い兵が一万以上、ともに老ノ坂峠を越えて信長を倒したのだ。たった十日間での変わりようは何がいけなかったのか、ゆっくり考えたかった。

「藪の中を行こう」

光秀は、自分が考え事をするときの癖で、木々が鬱蒼と茂る道の方へ馬を向けた。光秀は、今まで何度もそのようにして難事への対処を考えていた。明智城から落ちのびたとき、足利義昭の使者として岐阜城へ向かったとき、比叡山を焼き討ちしたあと、そして本能寺の変の前。木は何かを教えてくれるはずである。木々の中で考えた選択は、今まで間違いがなかったのだ。

「何が間違っていたのか」

間違ったところがわかれば、そこを直せば元に戻る。このようなときに、半兵衛ならどのように考えたであろうか。松永久秀ならば、どこを頼ったであろうか。次々と考えが巡っていた。

「覚悟」

藪の中から一本の竹槍が突き出た。考え事をしていた光秀は、一瞬、その竹槍を避けるのが遅れた。

「無礼者」

光秀は刀を抜くと、馬上で竹槍を払い、そのまま自分を刺した農民の首を刎ねた。

「殿」

気が付くと、光秀は馬から落ちて、その場に横になっていた。農民の首を刎ねるまでは何ともなかったが、そこで力尽き一時意識を失っていたのだ。

「庄兵衛か」

「お気を確かに」

「庄兵衛、槍は、どこに刺さっている」

「かすり傷にございます」

「嘘を言うな。私は、芳子の子秀勝に負けたのだ。秀勝の槍であれば、深く刺さっているであろう。芳子の子だ。しくじることはあるまい」

「殿」

貞連が残りの者を連れて辺りの農民を追い払って戻ってきた。落ち武者狩りの農民である。本気で掛かれば、貞連ら武士の方が強い。農民たちは蜘蛛の子を散らすように逃げるしかないのである。農民たちは落ち武者の甲冑を金にするよりも、命の方が大事なのだ。

「貞連、もうこれまでだ」

貞連は、必死に涙をこらえ、光秀を見た。光秀はかすかに笑っていた。

「もうよい。庄兵衛、介錯を頼む。そのまま近くに首を埋めてくれ。貞連、お前は私の考えを家康殿に伝えよ。今の秀吉を抑えるのは家康殿しかいない。信長を屠(ほふ)り、秀吉という農民出の世の中になり、そして家康がその農民出を倒す。目に見えるようだ」

「殿、まだ大丈夫です」

「庄兵衛、自分のことは自分でわかる。新しい時代が来る。そこにはもう私は必要がない。それが神のお告げだ。もうよい」

そう言うと、貞連に支えさせて体を起こし、脇差を抜いて腹に突き立てた。

「殿、御免」

庄兵衛は、光秀の最期を見たくないからか、目をつぶったまま刀を振り下ろした。

明智光秀——古い時代と日ノ本を守りながら、誰よりも先に行動し、「麟は仁獣なり、王者あれば則ち至る」と言われた伝説の聖獣麒麟（きりん）のごとく新たな時代の幕を開けた英傑は、名もない農民に深手を負わされ、自害して世を去った——享年五十五歳。

溝尾庄兵衛は、光秀の首を言われた通り近くにある本経寺に持ち込むが拒否され、藪の中に埋めた。翌日近くの農民に掘り出され、後日、本能寺跡地に光秀の首は晒されることになる。

溝尾庄兵衛は、その後皆の待つ坂本城に入ると、そこに集まった者たちに光秀の最期を伝えた。明智左馬之助は、安土城の仕置きをしたあと、琵琶湖打出浜で堀秀政の軍と戦い、包囲された中、馬で湖水を渡り坂本城へ戻った。

しかし、堀秀政軍に城を囲まれた左馬之助は、そこに残った兵ではとても抵抗できないことを悟った。評定を開き、皆で自害することを決めた左馬之助は、光秀が所蔵する天下の名物と言われる茶道具などの宝を、城と運命をともにさせることは忍びないと考え、それらをまとめて目録を添え、天守閣から敵勢のいる所に降ろした。

「寄せ手の人々に申し上げる。堀監物殿にこれを渡されよ。この道具は私物化してはならない天下の道具である。ここで滅してしまえば、この左馬之助を傍若無人と思うであろうから、お渡し申す」

そして六月十五日、左馬之助は明智光秀に縁の繋がる一族郎党を殺し、自らの妻で光秀の娘である倫子や光忠の妻京子と刺し違え、城に火を放って自害した。藤田伝五郎、溝尾庄兵衛、明智光忠、明智光久も坂本城と運命をともにした。

煕子の叔父妻木広忠は、次男十次郎（このときは筒井家への養子を断り、筒井定頼という名前から明智光泰と改名していた子）と、三男乙寿丸を亀山城近くに隠した。広忠が戻ったときには坂本城はすでにこの世にはなく、坂本城近くの煕子の眠る西教寺へ行き、光秀やそのほかの明智の縁者の菩提を弔い、その墓の横で自害して果てたのである。

明智光秀と、その一族郎党は、こうして信長の創った時代を終わらせ、そして、その役目を果たし終えた者たちも静かに世を去ったのである。

継の章

「あの農民出の世間知らずの天下様には困ったものだ」

内大臣となった徳川家康は、まだ引っ越したばかりで雨漏りのする江戸城でそのように言った。

時は経って文禄元年（一五九一年）、すでに関白を辞職し太閤となった秀吉が、朝鮮に出兵するという。九州征伐のときに豊後で伴天連の異常さに気付いた秀吉は、それまで信長が行っていた伴天連推奨から急変して伴天連禁止令を発布した。八木城の戦いで伴天連に対するトラウマを持っていた秀吉の弟秀長の助言が、この伴天連禁止令には非常に大きく影響していたという。そして前年、秀吉は小田原の北条と東北の九戸を倒して天下を統一したのち、伴天連が何人もの日本人を奴隷として海外に連れ出していたこと、そしてその拠点が朝鮮にあり、朝鮮も伴天連に力を貸して日ノ本の国を害するということに怒りを発し、朝鮮へ出兵すると言い出したのである。そして、伴天連禁止令が出たのちも何となく国内にいた、光秀が丹波を統一するときに敵になった内藤如安や、山崎の合戦で光秀を真っ先に裏切った高山右近、そして何よりもフロイスなどの宣教師をすべて国外に追放したのである。

「せっかく泰平の世になったのに、朝鮮に出るなど、あれでは信長殿と同じではないか」

家康の股肱の臣、本多佐渡守正信は家康の言葉に深く頷いた。

「しかし、それで太閤恩顧の者たちの力が奪われれば、我らにとっては大きな問題にもなりますまい」

「佐渡、それはそうだが、今さら伴天連を禁止するならば、明智光秀殿が正しかったということになろう」

「進士貞連殿は、細川忠興殿のところにいると聞いております」

本多正信は、にやりと笑った。会話が嚙み合っていないようであっても、この老練な二人の間には会話が成立している。長年付き合っている二人であれば阿吽の呼吸で、間のいくつもの会話を省略することができるのである。

「細川忠興殿と言えば、光秀殿の娘、珠と言った美人を娶っていたのではなかったか」

「はい、今はご禁制の伴天連の洗礼を受け、ガラシャと名乗っておられるようで。何しろ御父上があのように大それたことをなさり、忠興殿も太閤様の間で苦労したようで。珠殿は父光秀殿のすべて逆側に向かって走っておりまする。そのことで忠興殿の関心を引こうと思っておられるのかもしれません。不憫なことでございます」

本多正信は、物語でも語るように言うと、家康の前にお茶を差し出した。

「ほかの明智の筋の者はどうした」

「殿、今さら明智でございますか」

「ああ、気になる」

「何故」

家康は、ここで正信の出したお茶をゴクリと、そして会話の中の何かと一緒に飲み干した。

「佐渡、よく考えてみよ。今より十年前に、伴天連と日ノ本の国の関係を読み、そして太閤様の御乱心、いや、朝鮮出兵か。せっかく泰平の世になったのちにまだ戦乱を続ける狂気を予想し、それを自らの命を犠牲にして諌めたのである。関心を持たずにどうする」

信長と秀吉をわざと混同して話をしているが、家康にとっては大真面目な話し方である。家康と正信の二人の会話では、人や時間を特定せずに混同しているかのような呆け話し方をし、その二つの共通の項目から見えてくる内容を話すことがあった。そのようにして、過去の人の残した教訓を二人は心に刻んでいるのである。そのため、その語気は強くはなく、正信に言い聞かせるというよりは、そのように言うことで自分の考えを整理しているようでもあった。

「なんでも、明智光秀殿の旧臣は、すべて高野山の近くの蕎麦屋に繋がっているとか」

「半蔵の報せか」

半蔵とは、服部半蔵のことである。家康の頼りにする伊賀者の忍びで、家康の耳目となって世の中のこと、他家のこと、そして豊臣秀吉周辺のことを調べて報告していた。光秀の起こした本能寺の変のあと、堺にいた家康一行を伊賀越えをさせて何と三河に送り届けたのは、本多正信と服部半蔵の功績であることに間違いがない。それ以来命の恩人である半蔵を家康は大事にしていた。その半蔵が、家康に気に入られるきっかけを作った光秀の一族について調べているというのも、何となく皮肉なものを感じる。

「はい」

「佐渡も、気になっていたのか」

「いえ、殿ならば気になるであろうと思い先回りしておきました」

正信はそのように言うと、ニヤリと笑って家康の前に置いてあった干菓子を自分の口に放り入れた。ほかの家臣ならば、家康の前に出ている菓子を勝手に取れば切腹ものである。しかし、この股肱の臣である本多佐渡守正信は、その辺の遠慮はない。また家康もそのことを許していた。そのようなことを咎めるよりも、世の中のことを話し合って次の一手を打てる方がよいのである。

「で、その蕎麦屋とは」

「土田弥平次という者が……」

「土田弥平次、光秀殿のところにいた忍びではないか。確か信長様の御母堂様である土田御前の血縁とか」

「私は土田弥平次殿には会ったことがございますゆえ」

「ほう、いつの間に」

「いえ、本能寺の前、殿が安土に行かれた翌日に京都で光秀殿に会いまして」

「ならば、その方は本能寺の変をわかっていたのか」

「まさか。殿もお人が悪い。まるでこの本多正信が光秀殿をそそのかして信長様を殺したかのような言い方を」

本多正信は、そう言いながら不敵な笑みを浮かべた。実際に、あのとき信長が言った伴天連と日本で世界を二分する話が、今の太閤の朝鮮出兵に繋がっていることに気付いたのである。そして、それに家康も気付いたことを、正信はその表情の変化でわかった。やはりここは言葉を出さなくてもわかる二人の呼吸のようなものである。

「ところで光秀殿のところにはもう一人、鶴という有能な、くノ一がいたと思ったが」

「土田弥平次は今、その鶴と申す女子と夫婦となって蕎麦屋をやっております」

正信は、さすがに光秀の忍びのことまではわかってはいなかった。まだ本能寺の変のころ、正信は徳川家に戻ってきたばかりで、そのようなことを気にする余裕はなかったのである。

「どの辺まで繋ぎが付けられる」

「どうも光秀殿の嫡男がいらっしゃるようで」

「十五郎光慶と言ったが」

「今は妙心寺の瑞松院で南国梵桂（なんごくぼんけい）と名乗る僧になっているとか」

「妙心寺には明智風呂という風呂があるという。一度行ったが、あれはなかなか良いものである」

「殿も、酔狂ですな」

「ところで、ほかにも息子が二人いたはずだが」

「筒井殿のところに養子に行くはずであった自然丸殿、そして乙寿丸殿ですな」

正信はすでに知っているかのように、家康の前で名前を挙げた。さすがに家康の軍師とも言われた本多正信は、家康の次の会話をわかっている。当然に家康もその二人の消息が口に出るのを待っている。物欲しそうな犬と同じ顔に、正信は笑ってしまった。

「何を笑う」

「いや、この二人のことがお知りになりたいのでしょう」

「ああ」

「でも、わかりません」

正信はその期待を裏切るかのように、たったひと言で片付けてしまった。

「そうか、まあ、無理もあるまい」

家康は、簡単に諦めた。この二人の阿吽の呼吸は、ほかの者ではわからない何かがあった。正信が期待させて、そのうえでわからないと言うときは、ほかに何かがあるのだ。

「光秀の家老に斎藤利三という武将がいましたが、その娘ならば」

「娘か」

「かなりの才女であると評判です。稲葉正成に嫁いでいると」

「才女か。名は何と申す」

家康も女は好きである。自分の娘よりも若い女であろうことは、十分に想像が付く。しかし、家康はその女でも「才女」であれば、つまり、話し相手になり子供を育てられる女であれば見境はなかった。

「お福と言うそうです」

「ほう」

「そのうちに」

「ああ」

しばらく二人は黙った。一度女の話をすると、家康は必ずしばらく黙ってしまう。普段は戦のことや駆け引きばかりしているが、女の話になると、その頭がすべて女になってしまうのだ。本多正信は、そうなっている家康の表情を見て、家康がいまだ健康であることを確かめ、そして、一度考えを切り離して俯瞰的に考えられるような間を置くことが常であった。

「この江戸の土地にも夏が来るなあ」

家康は周囲を見回して話題を全く関係のないものに変えた。家康の頭の中が整理でき、そして何らかの結論が出たのに違いない。それを深々と聞くほど、野暮な会話はしないのが、家康が気軽に本多正信を話し相手に選べる所以(ゆえん)である。

「はい」

江戸城の天守閣からは、まだできていない江戸の街ができてゆく様が見え、その向こうに田畑を耕す姿、そして奥には富士山が見えた。

「明智殿は、ここから見えるような国を目指したのであろうな」

「はい」

「明智殿の考えや、その事跡を、もう一度蒐集(しゅうしゅう)してほしい。この家康は一度妙心寺へ行って風呂に入り、その後、高野山の蕎麦屋に足を延ばしてみよう」

「はい、手配いたします」

この八年後、慶長五年(一六〇〇年)九月、美濃国関ヶ原で石田三成を破り、そしてその後、大坂の陣で豊臣家を滅ぼした家康は、稲葉正成と離縁させたうえで、お福を江戸城へ呼んだ。お福はのちに春日局と呼ばれ、江戸幕府の屋台骨を内側から支えたのである。その姿はまるで、芳子が信長を安土城の中で支えていたかのようであったという。

光秀の娘細川ガラシャは、細川忠興との間に三人の息子を産んだ。しかし、その関ヶ原の戦いのときに自らが石田三成の人質になることを嫌い、大坂城下の細川屋敷でその命を絶った。キリスト教徒は自殺することが禁じられているために、父光秀から遣わされた河北一成と金津正直に自分の胸を槍で突かせて命を絶ったという。父である明智光秀の愛を最も感じながらも、世の中の流れでその愛を素直に受けることができず、最後まで愛を得ることができなかった。この時代最も不幸な女性の一人として、その一生が長く語り継がれることになる。

土田弥平次と鶴の蕎麦屋がどうなったかは、どこの記録にも出ていない。しかし、家康は高野山の近くに、おいしい蕎麦掻きと田楽を出す店があると、事あるごとに口にしていた。家康の望みに応じて田楽は江戸の街にもたらされ、現在も「おでん」として庶民の舌を楽しませている。そして、家康は京の都へ行くと妙心寺で明智風呂に入り、そのあと京に住む信長の愛妾であった杏との昔語りを楽しみにしていたという。

その二百六十年後の慶応二年（一八六六年）、明智光秀の智慧を実現した江戸幕府を倒幕する中心となった薩長同盟を、坂本龍馬が京都で実現する。坂本龍馬は、自身で明智光秀の子孫であるが明智を名乗ることが憚（はばか）られるので、城の在った坂本を名乗ったと主張している。もちろん、その真偽のほどは定かではない。

ただ、この明智光秀の思いとその血筋が、一つの大きな時代の柱であったことは、歴史に刻まれない事実なのである。

あとがき

明智光秀は、本能寺の変で信長を殺した後、どのような日本にするつもりであったのか。

この小説を書くにあたり、解決しなければならない問題はすべてそこに集約するということに気付いたのは、書くことを勧めて下さった京都府の栗林幸生氏と話している中でのことである。

明智光秀は、戦国時代の最も有名な三人、織田信長、豊臣秀吉、徳川家康という武将の近くにいて、なおかつ十一日間といえども天下人に近い状態にありながら、歴史上から完全に消されてしまった人物だ。『信長公記』やルイス・フロイスの『日本史』、吉田神社の『兼見卿記』などにしか残っていない。つまり、明智光秀を中心に物事を書いた記録は全くないのである。このことは、外見的に明智光秀が何をしてきたかということはわかるものの、その時に光秀が何を考えたのかということは全くわからないということになる。

しかし、光秀が猟奇的テロリストであるならば、ただ自己実現と快楽のために信長を殺したというようなこともあるかもしれないが、光秀はそのような男ではない。どちらかと言えば生真面目で、なおかつ緻密で計画的な人物であった。そのことは記録がない中でもその行動から読み取ることができる。そのような男が何の計画もなく、また、その後の展開も開けない状態で、大胆な行動を起こすであろうか。

このように考えると、さまざまなことが見えてくる。だから歴史というのは面白い。織田信長というのは、当時、御恩と奉公の時代に、商業資本と傭兵部隊を創った「政治改革者」であったと考える。兵農分離、鉄砲の戦術活用、楽市楽座、どれをとっても日本において画期的な改革をもたらし、なおかつ、その利点を組み合わせ長所を生かすことによって戦争に勝ってきた人物である。逆に、これらの利点を組み合わせられない場合は、桶狭間の戦いや、天王寺砦に光秀を救出に行った時のように、寡兵で大軍の中に突っ込み、死地を切り開くような戦い方をする。このような人物は、間違いなく当時の世の中では異質であり、よほどの実力がなければ受け入れられなかったであろう。信長は、この実力をつけるために、急進的に改革を成し遂げていった政治家であるといってよい。

このような革命的な人物が出てきた時に、最もその人物に反対するのは、「新参者」と「保守派」である。新参者は、それまでの自分の常識が全く通用しない世界に戸惑い、そして今までとの環境の変化を嘆き、改革者に対して反発をする。一方保守派は、自分の常識では測れない改革の内容にある程度までは従うことができるものの、自分の信念において絶対に譲れない部分、それが皇室であるのか、文化であるのか、言語であるのかは個人差があるが、その内容に触れてしまった時に、強力な反対勢力になる。ある意味で、信長包囲網という浅井・朝倉・武田・上杉・毛利・本願寺が組んだ反織田信長グループはその保守派の抵抗に近いものではないのかと思う。

このように考えた時に、松永久秀は内部の保守派の代表として、そして、別所長治と荒木村重は新参者の代表としてそれぞれ、信長の急進的な改革について行けなかった人物ではないかという気がしてならない。小説の中で、松永久秀の謀叛の理由と荒木村重の謀叛の理由が微妙に違うのが、現実にそうであったという以上に、その立場の違いが大きなものではなかったかという気がしてならないのである。

さて、そのような意味で見てみると、明智光秀は「保守派を代表した内部告発者」であるといえる。内部告発というのは、まさに「裏切り」であり、そのことを行った人物は社会正義のために行ったにもかかわらず、旧来の友人たちにさげすまれ、裏切り者と後ろ指をさされ、そして、その家族も不遇な目にあわされる存在になる。そこまでして明智光秀は何を考えたのか。残念ながらその答えは、明智光秀が何も資料を残さないまま小栗栖で命を落としたことで永久にわからなくなってしまった。ただし、信長の急進的な改革を不満としていたのであれば、それに反すること、つまり、徳川家康の治世がその一つの形ではなかったかと思うのである。

もう一つは、この明智光秀の家族関係である。人よりも先に進みすぎて多くの人に理解されない正義を先立って実現することによって、家族は最も大きな歴史の歪みの中に落とされることになる。その時に家族の絆というのは、唯一のよりどころであるはずだ。しかし、珠に見るような親への反発、自分の不遇に対する反発の感情というのは、その親にとってどれほど心労となるのであろうか。珠は、伴天連を嫌い、そのことで信長を討った父に反発し、洗礼を受けてキリシタンになる。その行動はことごとく光秀に反発しているが、その反発こそ、実は父への信頼の表れではなかったか。本来であれば無視してしまえばよいものを、わざわざ父に反発し、自分を実現してゆくということが、彼女にとって自分を見失わない状態ではなかったか。それだけ父のことを敬愛し、なおかつ信頼していたということに他ならない。ただ、その愛情がお互いにすれ違ってしまっているので、このような悲劇になってしまうのではないか。

「正義」とは何か。そしてその正義の実現のための「犠牲」とは何か――。

稀代の名将信長も、その信長を討ち滅ぼした光秀も、その疑問に当たり、答えを出せないままこの世から去っていった。この人々の人生を見直して、「正義」ということが理解できれば、現代社会の閉塞感も変わるのかもしれない。ある意味で、人類の永遠のテーマの一つの答えが、この日本の戦国時代の中に隠れているのではないか。そのような気がしてならないのである。

最後に、この小説を書くにあたり、そのきっかけを作ってくださった栗林幸生様、時代考証を快く引き受けてくださった、本書に登場する小畠永明公の子孫で南丹市歴史探勝会の小畠寛様そして会の皆様、そして京都府亀岡市の皆様、振学出版の荒木幹光様に、この場をお借りして感謝を申し上げます。

【著者略歴】

宇田川 敬介（うだがわ　けいすけ）

1969年、東京都生まれ。麻布高等学校を経て中央大学法学部を1994年に卒業。マイカルに入社し、法務部にて企業交渉を担当する。初の海外店舗「マイカル大連」出店やショッピングセンター小樽ベイシティ（現ウイングベイ小樽）の開発などに携わる。その後国会新聞社に入り編集次長を務めた。国会新聞社退社後、フリーで作家・ジャーナリストとして活躍。日本ペンクラブ会員。

著書に『庄内藩幕末秘話』『庄内藩幕末秘話　第二』『日本文化の歳時記』『我、台湾島民に捧ぐ』『暁の風』（ともに振学出版）など多数。

時を継ぐ者伝　光秀 京へ

2019年3月22日　第一刷発行

著　者　宇田川 敬介

発行者　荒木 幹光

発行所　株式会社振学出版
東京都千代田区内神田1-18-11 東京ロイヤルプラザ1010
TEL03-3292-0211　http//www.shingaku-s.jp/

発売元　株式会社星雲社
東京都文京区水道1-3-30
TEL03-3868-3275

印刷・製本　サンケイ総合印刷株式会社

乱丁・落丁本はお取替えいたします。
本書の内容の一部または全部を無断で掲載、転載することを禁じます。
©2019 Keisuke Udagawa, Printed in Japan
ISBN978-4-434-25776-6　C0093

振学出版の本

宇田川 敬介

■庄内藩幕末秘話（改訂版）

「人の道」を貫き、藩主酒井忠篤を中心に最後まで戊辰戦争を戦った山形の雄・庄内藩の物語。その強さの秘密とは。日本の行くべき道は庄内藩に学ぶべし！

●本体１３００円＋税

■庄内藩幕末秘話 第二 西郷隆盛と菅秀三郎

日本の行く末を案じた西郷の教えを後世に遺すため、ふたたび元庄内藩士たちが奮闘する！

●本体１２００円＋税

■暁の風 水戸藩天狗党始末記

幕末、日ノ本に「正気」を取り戻さんと決起した藤田小四郎・武田耕雲斎ら水戸藩士たち。時代に翻弄された彼らの葛藤を描いた歴史小説。

●本体１２００円＋税

■我、台湾島民に捧ぐ 日台関係秘話

日本による台湾統治時代。征服ではなく、ともに発展することを目指し生きた樺山・児玉・明石ら台湾総督と人々の物語。親日の礎がここに。

●本体１２００円＋税

■日本文化の歳時記

日本の文化や風習の成り立ちを、時には日本神話にまでさかのぼりひも解いた一冊。知っているようで知らなかった、古くて新しい日本との出会い。

●本体１２００円＋税

坂場 三男

今すぐ国際派になるための ■ベトナム・アジア新論

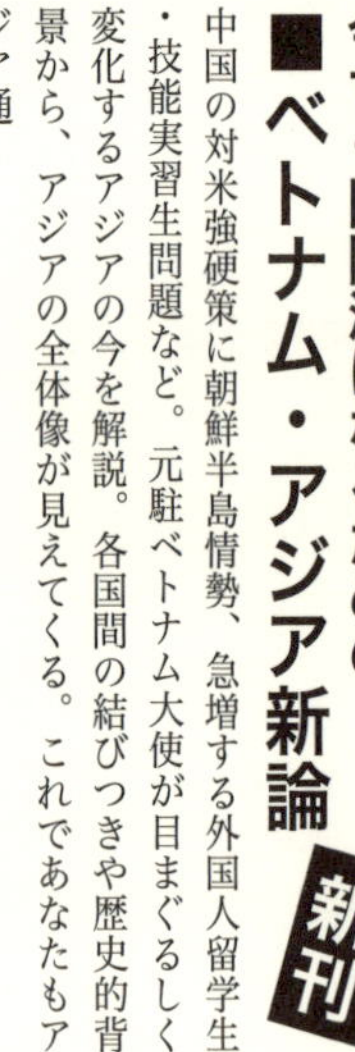

中国の対米強硬策に朝鮮半島情勢、急増する外国人留学生・技能実習生問題など。元駐ベトナム大使が目まぐるしく変化するアジアの今を解説。各国間の結びつきや歴史的背景から、アジアの全体像が見えてくる。これであなたもアジア通！

●本体１３００円＋税

森 美根子

日本統治時代台湾 ■語られなかった日本人画家たちの真実

石川欽一郎・塩月桃甫・郷原古統・木下静涯・立石鐵臣……。台湾に渡った日本人画家たちが、台湾の美術文化と美術教育の発展に与えた影響とは？一次資料をもとに解き明かす、50年の軌跡！ 図版88点収載。

●本体２０００円＋税

四條 隆彦

■歴史の中の日本料理

日本料理の伝統と文化を知ることは、日本の歴史と日本人を知ること。平安時代より代々宮中の庖丁道・料理道を司る四條家の第四十一代当主が、日本料理の文化と伝統を語る。

●本体１０００円＋税

振学出版の本

鎌田 理次郎

■風雪書き

日本人ならば誰もが持っていたはずの高い精神性と、他や義を大切にする文化性。戦後の日本人が失ったものを、今一度見直してみませんか。

●本体1000円+税

坂本 保富

■人間存在と教育

人間にとって、教育とは如何なる意味や役割を有する営みであるのか。人間存在の本質から教育を捉えたとき、教育とは如何に在るべきか。

人間と教育との関係を巡る問題を問い続けてきた著者自身の、経験的思索を踏まえた独創的な思想世界。

●本体2000円+税

■日本人の生き方 「教育勅語」と日本の道徳思想

日本人は、これまでいかに生きてきたのか。そして今をいかに生きるべきなのか。

教育勅語を基軸とする道徳思想の視座から吟味し、これからをどのように生きるか問う問題提起の書。

●本体1429円+税

■生き方と死に方 ―人間存在への歴史的省察―

いかに生き、いかに死ぬるか。人間存在の諸相を探求して半世紀。著者の学問的叡智を結晶化させた感動の随想録。

●本体1200円+税

藤原 岩市

■留魂録

アジア解放のために尽力した大日本帝国陸軍特命機関F機関長・藤原岩市少佐の最後の回顧録。

●本体5000円+税

東 潔

■レコンキスタ スペイン歴史紀行

レコンキスタ(国土回復運動)――。それは中世イベリア半島を舞台に八〇〇年にわたって繰り広げられた、カトリックとイスラムによる「文明の挑戦と応戦」だった。

●本体1748円+税

泉岡 春美

■孫に伝えたい私の履歴書
川上村から仙台へ ～おじいちゃんのたどった足跡～

日本語学校仙台ランゲージスクールを経営する「おじいちゃん」が語るほんとうの話。泉岡春美自叙伝。

●本体1500円+税

一般社団法人 アジア文化研究学会

■アジア文化研究

現在海外の大学や研究機関等で活躍する元日本留学生による、日本の文化や民俗学、日本語教育についての論文を収載した学会誌。アジア文化研究学会編集。

●頒価 創刊号1000円、第二号1500円

株式会社 振学出版
〒101―0047 東京都千代田区内神田1―18―11
東京ロイヤルプラザ1010
TEL/03―3292―0211
URL:http://shingaku-s.jp E-mail:info@shingaku-s.jp